新日檢 N5│標準模擬試題

解析本 目錄 ●

新日檢 N5 標準模擬試題
正解率統計表

第 1 回

測驗日期：_____ 年 _____ 月 _____ 日

	答對題數	總題數	正解率
言語知識（文字・語彙）	題	÷ 33 題 =	%
言語知識（文法）・読解	題	÷ 32 題 =	%
聴解	題	÷ 24 題 =	%

第 2 回

測驗日期：_____ 年 _____ 月 _____ 日

	答對題數	總題數	正解率
言語知識（文字・語彙）	題	÷ 33 題 =	%
言語知識（文法）・読解	題	÷ 32 題 =	%
聴解	題	÷ 24 題 =	%

第 3 回

測驗日期：_____ 年 _____ 月 _____ 日

	答對題數	總題數	正解率
言語知識（文字・語彙）	題	÷ 33 題 =	%
言語知識（文法）・読解	題	÷ 32 題 =	%
聴解	題	÷ 24 題 =	%

第**4**回

測驗日期：＿＿＿＿＿ 年 ＿＿＿＿＿ 月 ＿＿＿＿＿ 日

	答對題數	總題數	正解率
言語知識（文字・語彙）	題	÷ 33 題 ＝	％
言語知識（文法）・読解	題	÷ 32 題 ＝	％
聴解	題	÷ 24 題 ＝	％

第**5**回

測驗日期：＿＿＿＿＿ 年 ＿＿＿＿＿ 月 ＿＿＿＿＿ 日

	答對題數	總題數	正解率
言語知識（文字・語彙）	題	÷ 33 題 ＝	％
言語知識（文法）・読解	題	÷ 32 題 ＝	％
聴解	題	÷ 24 題 ＝	％

言語知識（文字・語彙）

1

① 1 わたしが相手をします。
由我來當對手。

② 2 英語を教わりました。
跟某人學了英語。

③ 4 あの計画は流れました。
那個計畫中止了。

④ 2 電池がなくなりました。
電池沒電了。

⑤ 1 彼は毎回言うことがちがいます。
他每次説的話都不一樣。

⑥ 3 家内とは去年結婚しました。
去年和內人結婚了。

⑦ 4 彼は覚えがよくないです。
他的記性不好。

⑧ 2 東京地方は台風の被害は少ないです。
東京地區很少受到颱風的侵害。

⑨ 4 作品を出品します。
展出作品。

⑩ 3 このボタンで音楽が再生されます。
按這個按鍵可以播放音樂。

難題原因

①：屬於基礎字彙，但是從漢字的發音角度，不容易聯想到「相手」要念成「あいて」。

②：對 N5 程度來説，可能很多人知道「教えます」（おしえます：教導）這個字彙，但是對「教わります」（おそわります：跟某人學習）可能比較陌生。

⑥：對 N5 程度來説，可能很多人知道「妻」（つま：妻子）這個字彙，但是對「家内」（かない：內人、對別人稱呼自己妻子的用語）可能比較陌生。

2

⑪ 4 このパソコンは遅すぎます。
這台電腦的速度太慢了。

⑫ 3 この前の試験を返します。
發還上次的考試卷。

⑬ 2 友達に傘を貸しました。
把傘借給朋友。

⑭ 3 会社紹介のパンフレットを作りました。
製作公司介紹的宣傳手冊。

⑮ 1 電子レンジで温めます。
用微波爐加熱。

⑯ 4 政治には関心がないです。
對政治不關心。

⑰ 3 速達で手紙を出しました。
用快件寄信。

⑱ 1 あの映画はとても暗いです。
那部電影的劇情很陰沉。

難題原因

⑬：

● 容易混淆「貸します」（かします：借出）和「借ります」（かります：借入）這兩個字彙。

● 中文的「我借給別人」、「別人借給我」都使用「借」這個字。但日文「我借給別人」要使用「貸します」，「別人借給我」要使用「借ります」。

⑯ :
- 選項 1、2、3、4（歡心、甘心、感心、関心）的發音都是「かんしん」，不能光從字彙發音作答，還必須掌握前後文語意才能選對答案。
- 「名詞＋には＋関心がないです」（對…不關心）是固定用法。

3

⑲ 4 **把行李從架子上拿下來。**
1 降落
2 掉落
3 丟下去
4 從高處拿下來

⑳ 2 **在假日爬了山。**
1 搭乘
2 攀爬
3 殘餘
4 窺視

㉑ 4 **因為變暗了，所以開燈。**
1 拿出
2 看
3 放入
4 あかりをつけます：開燈

㉒ 1 **把供餐分配給大家。**
1 分配
2 移動
3 灑出來
4 潑出來

㉓ 2 **帶著狗出去散步。**
1 拿著
2 …を連れて：帶著…同行
3 拉開
4 掛上

㉔ 4 **把感冒傳染給家人了。**
1 掛上
2 拿著
3 拿、取
4 かぜをうつして：把感冒傳染給別人

㉕ 1 **舉起雙手做體操。**
1 舉起
2 降低、降下
3 彎曲
4 拿、取

㉖ 4 **山的樣子映在水中。**
1 搭乘
2 變成
3 進入
4 水にうつっています：映在水中

㉗ 3 **擺出右手肘和右腳碰在一起的姿勢。**
1 右手和左腳
2 右手肘和左膝
3 右手肘和右腳
4 左手和右腳

㉘ 3 **球滾出去了。**
1 飛翔
2 跌倒
3 滾動
4 捲成一團

難題原因

⑲ :
- 對選項 1、2、3、4 都有「從高處往下…」的意思，必須掌握各別含意和用法，才可能答對。
- 對 N5 程度來說，「おろします」（從高處移往低處）是屬於較高階的字彙。

言語知識（文字・語彙）

● 「…を＋おろします」是慣用説法。例如「看板をおろします」（拆下招牌、從高處拆下招牌到低處）。

㉒：
● 對 N5 程度來説，「配ります」（くばります：分配）是屬於較高階的字彙。
● 「某物（名詞）＋を＋某人（名詞）＋に＋配ります」（把某物分配給某人）是慣用表達。

㉗：「ひじ」（手肘）這一類的身體部位或器官用語，未必能透過課本一一學習完整。但這些都屬於非常生活化的常見字彙，建議最好自行整理熟記。

4 ㉙ 1 **非常忙碌。**
1 要做的事情很多。
2 沒事可做，好無趣。
3 聲音好大，很吵。
4 錢不夠。

㉚ 4 **她非常開朗。**
1 她的頭腦很好。
2 她的眼睛很好。
3 她個子很高。
4 她經常笑。

㉛ 1 **我從媽媽那裡拿到錢。**
1 媽媽給我錢。
2 我給媽媽錢。
3 我跟媽媽借錢。
4 我借錢給媽媽。

㉜ 3 **我在街上看到他。**
1 約好後，跟他在街上見面了。
2 為了見他，所以去了街上。
3 我去了街上，結果看到他。

4 我去了街上，但是沒有看到他。

㉝ 3 **我隔了好久才來這裡。**
1 我第一次來這裡。
2 我不久之前也來過這裡。
3 我有好長一段時間沒來這裡了。
4 我來這裡待了很長一段時間。

難題原因

㉚：「明るいです」除了「明亮的」，還有「開朗的」的意思。可能很多人不知道這種用法。

㉜：
● 必須知道「見かけます」（看到）和「会います」（見面）的差異才能正確作答。
● 「見かけます」是「只是不經意地看到，對方未必有看到自己」；「会います」是「兩人之間是可以進行對話的距離，還可能互相打招呼」。

言語知識（文法）読解

1

① 4 **我喜歡綠色啦、黃色之類的明亮的色彩。**
1 緑など黄色などの：（無此用法）
2 緑では黄色などの：（無此用法）
3 緑から黄色などの：（無此用法）
4 緑とか黄色などの：綠色啦、黃色之類的

② 1 **要不要一起喝杯茶之類的？**
1 名詞＋でも：…之類的（表示舉例的用法）
2 名詞＋なら：是…的話
3 名詞＋では：是…的話
4 名詞＋とは：稱為…的是

③ 4 **從小孩到大人都可以享受。**
1 名詞＋など：…之類的
2 名詞＋とか：…啦（表示舉例的用法）
3 名詞＋では：是…的話
4 名詞Ａ＋から＋名詞Ｂ＋まで：從Ａ到Ｂ

④ 1 **請回來到這裡。**
1 ここに帰って：回到這裡（「に」表示歸著點）
2 ここで：在這裡（「で」表示動作進行的地點）
3 ここが：這裡就是…
4 ここの：這裡的

⑤ 3 **因為沒有筆記本，所以買了便條本。**
1 名詞＋を＋なかった：（無此用法）
2 名詞＋も＋なかった：…也沒有
3 名詞＋が＋なかった：沒有…
4 名詞＋と＋なかった：（無此用法）

⑥ 3 **對我來說是不了解的。**
1 わたしから：從我開始
2 わたしとは：（無此用法）
3 わたしには：對我來說是…
4 わたしこそ：我才是…

⑦ 4 **認真地學習了。**
1 まじめ＋は＋動詞：（無此用法）
2 まじめ＋を＋動詞：（無此用法）
3 まじめ＋が＋動詞：（無此用法）
4 まじめ＋に＋動詞：認真地做…

⑧ 4 **去吃飯。**
1 食べる＋行きます：（無此用法）
2 食べが＋行きます：（無此用法）
3 食べを＋行きます：（無此用法）
4 食べに＋行きます：要去吃（動詞ます形＋に＋行きます：要去做…）

⑨ 1 **大阪有很多好吃的東西。**
1 地點Ａ＋には＋名詞Ｂ＋が＋あります：在Ａ有Ｂ
2 地點Ａ＋では＋名詞Ｂ＋が＋あります：（無此用法）
3 地點Ａ＋とは＋名詞Ｂ＋が＋あります：（無此用法）
4 地點Ａ＋から＋名詞Ｂ＋が＋あります：（無此用法）

⑩ 2 **我想問他的話，可能就會知道答案了。**
1 わかるとか＋思います：（無此用法）
2 わかるかと＋思います：我想可能會知道
3 わかるかも思います：無此用法

言語知識（文法）● 読解

（正確接續是「わかるかもしれないと思います」（我想或許會知道））

4　わかるでは思います：（無此用法）

⑪　3　**要聽老師所說的話。**

1　名詞＋と＋言うこと：所謂的…

2　名詞＋で＋言うこと：（無此用法）

3　名詞＋の＋言うこと：…所説的話

4　名詞＋へ＋言うこと：（無此用法）

⑫　3　**不記得她的長相。**

1　名詞＋に＋おぼえていません：（無此用法）

2　名詞＋で＋おぼえていません：（無此用法）

3　名詞＋を＋おぼえていません：不記得…

4　名詞＋が＋おぼえていません：（無此用法）

⑬　3　**看到名人在路上走路。**

1　動詞＋と＋を＋見ました：（無此用法）

2　動詞＋も＋を＋見ました：（無此用法）

3　動詞＋の＋を＋見ました：看到了做…這件事情

4　動詞＋こと＋を＋見ました：（無此用法）

⑭　1　**要把我所想的事情告訴你。**

1　名詞＋の＋思っていること：…所想的事情

2　名詞＋で＋思っていること：（無此用法）

3　某人＋に＋思っていること：針對某人所想的事情

4　名詞＋と＋思っていること：

（無此用法）

⑮　2　**籃子裡放滿了蔬菜。**

1　いっぱい＋で＋名詞＋を＋入れます：（無此用法）

2　いっぱい＋に＋名詞＋を＋入れます：放滿了…

3　いっぱい＋と＋名詞＋を＋入れます：（無此用法）

4　いっぱい＋な＋名詞＋を＋入れます：（無此用法）

⑯　4　**量身訂做衣服。**

1　体＋を＋合わせて：使身體配合

2　体＋は＋合わせて：（無此用法）

3　体＋が＋合わせて：（無此用法）

4　体＋に＋合わせて：配合著身體

難題原因

⑥：

● 此文省略了部分文字，所以不容易理解正確意思。

● 完整的説法為「わたしには難<u>しすぎてわかりません。</u>」（對我來説太難了，所以不了解。）省略了底線的文字。

● 句中的「…には」是（對…來説是…）的意思。

⑩：

● 必須知道「わかると思います」和「わかるかと思います」的差異，才能作答。

● 「わかると思います」：我想會知道。

● 「わかるかと思います」：我想可能會知道。「か」表示「推測、不確定」。

⑭：
- 必須知道句中「の」的用法等同「が」才可能答對。
- 「わたしが思っていること」的意思是「我所想的事情」，「が」表示「主語」。

⑯：
- 必須知道「名詞＋に＋合わせます」（配合…）這個慣用表達才可能答對。
- 選項 1 的文法接續也是正確的，但語意不合。選項 1 可以如此使用：「鍵を穴に合わせます」（要把鑰匙對準洞孔）。

2

⑰ 2 危ない 2 ので 1 この 4 機 械に 3 さわらない でくださ い。

因為很危險，請不要碰觸這個機器。

解析
- 危ないので（因為很危險）
- この機械（這個機器）
- 名詞＋に＋さわらないでください（請不要碰觸…）

⑱ 4 これ 3 は 1 わたしの 4 学 校の 2 本 です。

這是我的學校的書。

解析
- これはわたしの＋名詞＋です（這是我的…）
- 学校の本です（是學校的書）

⑲ 3 そのうち 4 遊びに 1 行きた い 3 ★ですが 2 いつに なる か わかりません。

短期之內想要去玩，可是不知道會是什麼時候。

解析
- 遊びに行きたいですが（想去玩，但是…）
- いつになるかわかりません（不知道會是什麼時候）

⑳ 1 この 3 地球の 1 一番 ★4 南 は 2 とても 寒いところで す。

這個地球的最南端是非常寒冷的地方。

解析
- この地球（這個地球）
- 一番南（最南端）
- とても寒いところです（是非常寒冷的地方）

㉑ 2 この 映画は 3 どこが 2 ど ★う 1 面白いのか 4 さっぱり わかりません。

我完全不知道這部電影哪些地方是如何有趣。

解析
- どこがどう面白いのか（哪些地方是如何有趣）
- さっぱりわかりません（完全不知道）

言語知識（文法）• 読解

⑲：

- 「いつになるかわかりません」
（不知道會是什麼時候）這個慣用表達對 N5 程度來説，是較困難的用法。

- 也要知道「動詞ます形＋に＋行く（要去做…）這個説法，才能聯想到前面兩個空格可以填入「遊びに」和「行きたい」。

㉑：

- 「どこがどう面白いのか」（哪些地方是如何有趣）這個慣用表達對 N5 程度來説，是較困難的用法。

- 也要知道「さっぱり＋否定（完全不…）這個説法，才能聯想到最後一個空格可以填入「さっぱり」。

3

㉒	3	1	そのとき：那個時候
		2	そのこと：那件事情
		3	そのまま：就那樣
		4	そのつど：每次

㉓	1	1	…を思いついたとします：假設突然想到…
		2	…を思いだしたとします：假設回憶起來…
		3	…を思いこんだとします：假設自己認為…
		4	…を思いかけたとします：（無此用法）

㉔	2	1	書いてみなければならない：必須試著寫
		2	書いておかなければならない：必須寫好
		3	書いてあげなければならない：必須寫給別人

　　　　4　書いてやらなければならない：
　　　　　　必須寫給別人

㉕	4	1	まず：首先
		2	まだ：仍然
		3	もう：再、還
		4	すぐ：立刻、馬上

㉖	3	1	まず：首先
		2	まだ：仍然
		3	もう一生思いつかない：一輩子再也想不起來
		4	すぐ：立刻、馬上

㉒：

- 必須知道「そのまま」表示「就那樣、照原樣」，才能正確作答。

- 對 N5 程度來説，這屬於較高階的表達用法。

㉓：

- 必須知道「思いつく」表示「突然想到」，才能正確作答。

- 也要知道「動詞＋とします」表示「假設做…」，才能配合語意選出正確答案。

- 對 N5 程度來説，這屬於較高階的表達用法。

㉖：

- 必須知道「もう～ない」表示「再也不…」，才能正確作答。

- 要特別注意「もう」在這裡並不是表示「已經」的意思。

- 對 N5 程度來説，這屬於較高階的表達，可能很多人不知道這個用法。

4 (1)

解析

- 時間割が変わります（課程表變更）
- 三時間目の社会は体育に、四時間目の算数は国語になります（第三節的社會改成體育，第四節的算術改成國語）
- 一時間目の図工と、二時間目の音楽は変わりません（第一節的畫圖和勞作和第二節的音樂沒有變動）

㉗ **4 畫圖和勞作－音樂－體育－國語**

題目中譯 以下何者是變更後的課程表？

(2)

解析

- 知らないほうがいいこと（不知道比較好的事情）
- それは前に進むこと、生きることをあきらめた考えだと思います（我覺得那是放棄前進、放棄活下去的想法）
- 知ってからどうするか（知道之後要做什麼呢？）

㉘ **2 一旦知道了，心情會變得不舒服的事。**

題目中譯 所謂的不知道比較好的事情，是什麼？

(3)

解析

- 虫を飼っています（飼養昆蟲）
- とても力のつよい（非常有力的）
- 頭に角があって（頭上有角）

㉙ **3**

題目中譯 在教室飼養了哪一種昆蟲？

難題原因

㉗：

- 屬於閱讀全文後，要有能力歸納文章重點，才可能答對的考題。
- 答題關鍵在於「三時間目～は国語になります」和「一時間目の～変わりません」這兩個部分。
- 從這兩段話可以推斷課程表變成「畫圖和勞作－音樂－體育－國語」。

5

解析

- 機械とちがって動いたり考えたりするたびに少しずつ体が減っていくのです（和機器不一樣，每當活動、思考，身體就會一點一點地磨損）
- 動いたり考えたりしなくても、息をしたりないぞうを動かすことは必要です（即使沒有活動、思考，也必須呼吸、使內臟活動）
- 体が壊れたから食事をしてもどしてください（因為身體損壞了，請吃東西（讓身體）復原）
- 全然動かなくても、壊れた体をもどすために必要なエネルギーを「きそたいしゃ」と言います（即使完全不動，為了復原損壞的身體必須要有稱為「基礎代謝」的能量）

㉚ **4 是製造身體的東西。**

題目中譯 作者說飲食是什麼樣的東西？

㉛ **2 身體即使不動，在一天當中的必須飲食量。**

題目中譯 如果換個方式說明「基礎代謝」，以下何者是正確的？

言語知識（文法）• 読解

6

解析

- ふたを開けて粉スープ、かやく、液体タレ（調味料）を取り出します（打開蓋子，取出湯料粉、調味料、醬汁（調味沾醬））
- ふたをして（蓋上蓋子）
- 最後に食べる前に液体タレを入れてよくかき混ぜてお召し上がりください（最後請在吃之前，加入醬汁攪拌均匀後再享用）
- やけど（燙傷）
- そのままでは食べれません。（不可以直接吃）
- においが移るのでにおいのある物といっしょにしないでください（別的東西的味道會跑進去，所以請不要和有味道的東西放在一起）
- お湯を入れる前に油を入れると、麺が柔らかくなりません（沖入熱水前，如果先倒入油，麵不容易變軟）

③② **2 因為如果一開始就加進去的話，麵條會變硬、無法鬆開。**

題目中譯 為什麼最後才放入醬汁？

聴解

1

1 ばん—1

店員と女の人が話しています。女の人はどのテーブルにしますか。

男　どれがいいですか。

女　丸いテーブルがいるんです。外で使うから、パラソルが付いているのがいいです。パラソルが付いていると、暑い日でも便利です。

男　わかりました。

女の人はどのテーブルにしますか。

解析
● どのテーブルにしますか（決定要哪一張桌子？）
● 丸いテーブルがいるんです（需要圓的桌子）
● 外で使うから、パラソルが付いているのがいいです（因為要在外面使用，有附遮陽傘的比較好）

2 ばん—1

男の人がハウスキーパーに話しています。ハウスキーパーは何を作りますか。

男　油っぽいものは食べません。天ぷらとか

はだめです。焼き魚は健康にいいから、いつも食べたいです。それから、納豆やサラダなど、いろいろなものがあったらいいです。いい料理を作ってください。

ハウスキーパーは何を作りますか。

解析
● ハウスキーパー（料理家務的傭人）
● 油っぽいもの（油膩的食物）
● 焼き魚は健康にいいから（因為烤魚對健康很好）
● 納豆やサラダなど、いろいろなものがあったらいいです（納豆或沙拉等，有各式各樣的東西比較好）

難題原因
● 答題的關鍵線索分散在整篇文章中，要仔細聆聽各個細節並一一記錄下來。
● 答題的關鍵線索有兩點：
　(1) 焼き魚は健康にいいから、いつも食べたいです（因為烤魚對健康很好，想要經常吃）
　(2) 納豆やサラダなど、いろいろなものがあったらいいです（納豆或沙拉等，有各式各樣的東西比較好）
● 從上述內容可以推斷男性想要吃有烤魚、且配菜豐富的料理，所以正確答案是 1。

3 ばん—1

店長と店員が話しています。店員は、まず何をしますか。

男　このえのきを切ってください。

女　小さく切ればいいんですね。

聴解

男 あ、待ってください。肉が焼けました。あれをお皿に入れてください。

女 お皿はこれでいいですか。

男 そのお皿じゃありません。お皿がないから、まずお皿を洗ってくださいね。

女 えのきは急ぎますか。

男 いいえ、急ぎません。最後でいいですよ。

女 わかりました。

店員は、まず何をしますか。

解析
- えのき（金針菇）
- 小さく切ればいいんですね（切小塊就可以了吧）
- 肉が焼けました（肉烤好了）
- お皿に入れてください（請放在盤子上）
- まず（首先、最先）
- 最後でいいですよ（最後再做就可以了）
- 店員依序要做的事情是：洗盤子→把肉放在盤子上→切金針菇

4 ばん―1

お母さんと男の子が話しています。男の子は、何を買いますか。

女 昼ごはんは、焼きそばですよ。唐辛子買ってきてください。

男 辛いものは食べたくないです。

女 じゃ、胡椒買ってきてください。唐辛子はいりませんよ。

男の子は、何を買いますか。

解析
- 焼きそば（炒麵）
- 辛いものは食べたくないです（不想吃辣的東西）
- 胡椒（胡椒）
- 唐辛子はいりませんよ（辣椒不需要了）

5 ばん―3

妻と夫が話しています。お昼はどんな天気でしたか。

女 今日は変な天気だったね。朝は晴れていて、お昼に雨が降って、それから曇りになった。

男 そうだね。全く変な天気だよ。

女 それから、夕方には虹が出たよね。

お昼はどんな天気でしたか。

解析
- 変な天気だった（奇怪的天氣）
- 曇りになった（變成陰天）
- 全く変な天気だよ（的確是奇怪的天氣啊）
- 夕方（傍晚）
- 虹が出た（出現彩虹）
- 今天的天氣依序是：早上晴天→中午下雨→後來變成陰天→傍晚出現彩虹

6 ばん—4

妻と夫が話しています。妻は何を買いますか。

男　バナナと柿買ってきてください。

女　バナナはまだありますよ。晩御飯をつくるから、にんにくと唐辛子もいりますよ。

男　じゃ、バナナは買わなくてもいいですよ。にんにくと唐辛子はもう買いましたからいいですよ。

妻は何を買いますか。

解析

- 柿（柿子）
- 晩御飯をつくるから、にんにくと唐辛子もいりますよ（因為要做晚飯，也需要大蒜和辣椒）
- バナナは買わなくてもいいですよ（香蕉可以不用買）
- もう買いましたからいいですよ（因為已經買好了，就不用買了）

難題原因

- 答題的關鍵線索分散在整篇文章中，要仔細聆聽各個細節並一一記錄下來。
- 男性一開始提出要買香蕉和柿子。
- 女性提出家裡還有香蕉，但要做晚飯所以需要大蒜和辣椒。
- 男性針對女性的回應，提出香蕉可以不用買，大蒜和辣椒已經買好了。
- 所以需要買的東西只剩柿子。

7 ばん—4

先生と生徒が話しています。生徒はどこは勉強しなくてもいいですか。

男　先生、教科書のどこからどこまでが、テストに出ますか。

女　この前のテストで出たところと、その前のテストで出たところ全部です。

男　大変ですね、これ。

女　でも頑張ってくださいね。

男　はあ…それで、この前とその前のテストは何が出ましたか。

女　教科書の前の4分の1の石器時代と後ろの4分の1の明治時代でしたよ。

男　それだけ勉強すればいいんですね。

女　そうです。真ん中の2分の1の江戸時代の部分は読まなくてもいいんです。

男　はい。

生徒はどこは勉強しなくてもいいですか。

解析

- どこからどこまで（從哪裡到哪裡）
- この前のテストで出たところと、その前のテストで出たところ全部です（上次考試出過的部分和上上次考試出過的部分的全部）
- 頑張ってください（請加油）
- それだけ勉強すればいいんですね（只要念這些就可以了吧？）

1 ｜模擬試題｜ 正解 & 解析

聴解

- 真ん中（中間）
- 読まなくてもいいんです（可以不用念）
- 考試範圍是上次和上上次考過的部分：
    (1) 上次考過的部分：課本前面四分之一的石器時代
    (2) 上上次考過的部分：課本後面四分之一的明治時代
- 老師後來又補充説明課本中間二分之一的江戶時代不用念。

2

1 ばん―2

<ruby>男<rt>おとこ</rt></ruby> の <ruby>人<rt>ひと</rt></ruby> と <ruby>女<rt>おんな</rt></ruby> の <ruby>人<rt>ひと</rt></ruby> が <ruby>話<rt>はな</rt></ruby> しています。 <ruby>男<rt>おとこ</rt></ruby> の <ruby>人<rt>ひと</rt></ruby> は、どこに <ruby>行<rt>い</rt></ruby> きますか。

男　<ruby>今日<rt>きょう</rt></ruby> はどこに <ruby>行<rt>い</rt></ruby> きますか？

女　<ruby>学校<rt>がっこう</rt></ruby> に <ruby>行<rt>い</rt></ruby> って、 <ruby>靴屋<rt>くつや</rt></ruby> に <ruby>行<rt>い</rt></ruby> って、デパートに <ruby>買<rt>か</rt></ruby> い <ruby>物<rt>もの</rt></ruby> に <ruby>行<rt>い</rt></ruby> って、 <ruby>夜<rt>よる</rt></ruby> は <ruby>図書館<rt>としょかん</rt></ruby> に <ruby>行<rt>い</rt></ruby> きます。

男　あ、 <ruby>僕<rt>ぼく</rt></ruby> もデパートに <ruby>行<rt>い</rt></ruby> くつもりです。

女　<ruby>北海道物産展<rt>ほっかいどうぶっさんてん</rt></ruby> に <ruby>行<rt>い</rt></ruby> くんですか？

男　いいえ。かばんを <ruby>買<rt>か</rt></ruby> おうと <ruby>思<rt>おも</rt></ruby> っています。

<ruby>男<rt>おとこ</rt></ruby> の <ruby>人<rt>ひと</rt></ruby> は、どこに <ruby>行<rt>い</rt></ruby> きますか。

解析
- 靴屋（鞋店）
- デパート（百貨公司）
- 行くつもりです（打算去）
- かばんを買おうと思っています（打算買包包）

2 ばん―4

<ruby>男<rt>おとこ</rt></ruby> の <ruby>学生<rt>がくせい</rt></ruby> と <ruby>女<rt>おんな</rt></ruby> の <ruby>学生<rt>がくせい</rt></ruby> が <ruby>話<rt>はな</rt></ruby> しています。 <ruby>女<rt>おんな</rt></ruby> の <ruby>学生<rt>がくせい</rt></ruby> は <ruby>今日<rt>きょう</rt></ruby> 、 <ruby>何時間勉強<rt>なんじかんべんきょう</rt></ruby> しますか。

男　<ruby>明日<rt>あした</rt></ruby> はテストですね。 <ruby>昨日<rt>きのう</rt></ruby> はどのくらい <ruby>勉強<rt>べんきょう</rt></ruby> しましたか。

女　<ruby>朝<rt>あさ</rt></ruby> 1 <ruby>時間<rt>じかん</rt></ruby> と <ruby>夜<rt>よる</rt></ruby> 2 <ruby>時間<rt>じかん</rt></ruby> です。

男　<ruby>頑張<rt>がんば</rt></ruby> りますねえ。

女　<ruby>前回<rt>ぜんかい</rt></ruby> テスト <ruby>悪<rt>わる</rt></ruby> かったから。 <ruby>今日<rt>きょう</rt></ruby> は、さらに 5 <ruby>時間<rt>じかん</rt></ruby> くらいしようと <ruby>思<rt>おも</rt></ruby> っています。

<ruby>女<rt>おんな</rt></ruby> の <ruby>学生<rt>がくせい</rt></ruby> は <ruby>今日<rt>きょう</rt></ruby> 、 <ruby>何時間勉強<rt>なんじかんべんきょう</rt></ruby> しますか。

解析
- テスト（考試）
- どのくらい勉強しましたか（念書念了多久的時間？）
- 頑張りますねえ（很努力耶）
- 今日は、さらに 5 時間くらいしようと思っています。
  （今天打算再多念五個小時左右）

難題原因
- 不容易掌握答題的關鍵線索，要仔細聆聽各個細節並一一記錄下來，才不會被誤導。
- 答題的關鍵線索在於女性所説的「今日は、さらに 5 時間くらいしようと思っています」（今天打算再多念五個小時左右）
- 女性昨天早上念了一個小時，晚上念了兩個小時，今天要再多念五個小時，所以總共是八小時。

3 ばん―2

男の人と女の人が話しています。富岡病院の電話番号は、何番ですか。

男　富岡病院は、何番ですか。

女　メモの準備はいいですか。

男　いいですよ。

女　５４０２の、９３２０です。

男　５０４２の、３９２０ですか。

女　いいえ、前が５４０２で、後が９３２０です。

男　わかりました。ありがとうございます。

富岡病院の電話番号は、何番ですか。

解析
- 何番ですか（幾號）
- メモの準備はいいですか（要記錄的東西準備好了嗎？）
- わかりました（我知道了）

4 ばん―4

男の人が話しています。男の人は、今日どこで何をしましたか。

男　今日は海に釣りに行こうと思っていました。しかし、雨が降ったので、行きませんでした。公園に散歩に行こうかと思い

ました。しかし、服がぬれるのでやめました。そして、勉強しようと思って図書館に行きましたが、勉強はやめて本を読みました。

男の人は、今日どこで何をしましたか。

解析
- 海に釣りに行こうと思っていました（本來打算去海邊釣魚）
- 雨が降ったので（因為下雨了）
- 散歩に行こうかと思いました（想到要不要去散步）
- 服がぬれる（衣服會濕掉）
- やめました（放棄了）
- 勉強しようと思って図書館に行きましたが、勉強はやめて本を読みました（打算要用功念書去了圖書館，但是放棄念書改成閱讀一般書籍）

5 ばん―3

男の人と女の人が話しています。料理に何を入れますか。

女　この料理には、何を入れればいいですか。

男　にんにくを入れてもおいしいですよ。唐辛子もおいしいですよ。でも、胡椒はやめたほうがいいです。

女　今にんにくがありません。唐辛子しかありません。

男　唐辛子を入れても、辛くておいしいです

聴解

よ。

女　じゃ、そうします。

料理に何を入れますか。

解析

- 何を入れればいいですか（加什麼進去比較好呢？）
- 胡椒はやめたほうがいいです（不要放胡椒比較好）
- 唐辛子しかありません（只有辣椒）
- 唐辛子を入れても、辛くておいしいですよ（放辣椒的話，也會很辣很好吃喔）

難題原因

- 不容易掌握答題的關鍵線索，要仔細聆聽各個細節並一一記錄下來，才不會被誤導。
- 答題的關鍵線索有兩點：
  (1) 男性建議的：にんにくを入れてもおいしいですよ。唐辛子もおいしいですよ（加大蒜也不錯，加辣椒也不錯。）
  (2) 女性回應的：今にんにくがありません。唐辛子しかありません（現在沒有大蒜只有辣椒。）

6 ばん—4

男の人と女の人が話しています。二人はまず何に乗りますか。

女　朝日山までは、何で行きますか？バスで行きますか？

男　うちからあそこまで行くバスはありません。まず、電車に乗って、それからバスに乗ります。

女　バスを降りたら、そこは朝日山ですか。

男　いいえ、バスを降りて、歩かないといけません。

女　けっこう歩きますか。

男　３０分ぐらいです。

二人はまず何に乗りますか。

解析

- 何で行きますか（要坐哪種交通工具去？）
- まず（首先）
- バスを降りたら（下公車之後…）
- 歩かないといけません（必須走路）
- けっこう歩きますか（要走很久嗎？）
- 兩人的交通工具依序是：電車→公車→走路

3

1 ばん—3

女の人は、ダンスを教えています。学生はもっと足を上げたほうがいいです。何と言いますか。

1　もっと足を上げましょうか。

2　もっと足を上げますよ。

3　もっと足を上げてください。

解析

- ダンス（舞蹈）
- もっと足を上げたほうがいいです（腳再抬高一點比較好）
- もっと足を上げましょうか（我要不要把腳再抬高一點？）
- もっと足を上げますよ（我要把腳再抬高一點喔）
- もっと足を上げてください（腳請再抬高一點）

2 ばん―1

男の人は、女の人といっしょに踊りたいです。何と言いますか。

1 踊りましょう。

2 踊ってもいいです。

3 踊らなければなりません。

解析

- いっしょに踊りたいです（想要一起跳舞）
- 踊りましょう（一起跳舞吧）
- 踊ってもいいです（可以跳舞）
- 踊らなければなりません（必須跳舞）

3 ばん―1

女の人は、男の人が歌いたい曲を知りたいです。何と言いますか。

1 どの曲にしますか。

2 どの曲はどうですか。

3 どの曲が一番ですか。

解析

- 男の人が歌いたい曲を知りたいです（想要知道男性想唱的歌曲）
- どの曲にしますか（你決定要唱哪一首？）

難題原因

- 要知道「…にしますか」（你決定要…呢？）這個慣用說法。
- 例如：
  飲み物は何にしますか。
  （要喝什麼飲料呢？）
  紅茶にしますか。それともコーヒーにしますか。
  （要喝紅茶嗎？或者要喝咖啡？）

4 ばん―2

男の人は、うちに帰りたいです。何と言いますか。

1 うちに帰ることができますか。

2 うちに帰りましょう。

3 うちに帰りません。

解析

- うちに帰りたいです（想要回家）
- 動詞原形＋ことができますか（可以做…嗎？）
- 帰りましょう（回去吧）

難題原因

- 選項 1 是陷阱，「動詞原形＋ことができますか」是「徵求別人自己可不可以做…」的用法，在這個場合並不適用。

聴解

5 ばん—2

警察を呼びたいです。何と言いますか。

1 警察が来ます。
2 警察を呼びましょう。
3 警察を呼ぶことができます。

解析
● 呼びたいです（想要呼叫）
● 警察を呼びましょう（叫警察吧）

4

1 ばん—2

女 おいくつですか。
男 1 1000円です。
　 2 18歳です。
　 3 1時間くらいです。

中譯
女 請問你幾歲？
男 1 1000日圓。
　 2 18歲。
　 3 1小時左右。

2 ばん—1

男 これはなんのカードですか。

女 1 スポーツクラブのカードです。
　 2 私のカードです。
　 3 これは、いいカードです。

中譯
男 這是什麼卡？
女 1 是運動俱樂部的（會員）卡。
　 2 是我的卡片。
　 3 這是張好卡。

解析
● カード（卡片）
● スポーツクラブ（運動俱樂部）

3 ばん—1

女 どうぞ、よろしく。

男 1 こちらこそよろしく。
　 2 どういたしまして。
　 3 気にしないでください。

中譯
女 請多多指教。
男 1 彼此彼此，請多多指教。
　 2 不客氣。
　 3 請不要放在心上。

4 ばん―1

男 新しいお仕事はどうですか。

女 1 忙しいですが、おもしろいです。
2 会社の事務員です。
3 ありがとうございます。

中譯

男 新工作做得怎麼樣？
女 1 很忙，但是很有趣。
2 我是公司的辦事員。
3 謝謝。

解析

- 新しい仕事（新工作）
- 事務員（辦事員、事務員）

5 ばん―2

女 ここは何ですか。

男 1 教室はここです。
2 ここは教室です。
3 ここは大阪です。

中譯

女 這裡是什麼地方？
男 1 教室在這裡。
2 這裡是教室。
3 這裡是大阪。

難題原因

- 要知道「ここは～ですか」的問句，必須用「ここは～です」做回應。

● 如果問句是「ここはどこですか」（這裡是哪裡？），就用選項3做回應。

6 ばん―1

男 日本にどのくらいいますか。

女 1 2年です。
2 1億3千万人ぐらいです。
3 3回です。

中譯

男 你要在日本待多久？
女 1 兩年。
2 1億3千萬人左右。
3 3次。

解析

- どのくらい（多久）

難題原因

- 對外國人來說，題目的意思較難理解。
- 題目的意思是「日本にどのくらい（の期間）いますか」，中間省略了「の期間」。
- 必須知道「地點＋に＋どのくらいいますか」是詢問「要在…待多久的時間？」，才可能做出正確的回應。

言語知識（文字・語彙）

1

① 3 人が大勢います。
<ruby>大勢<rt>おおぜい</rt></ruby>
有很多人。

② 4 さとうを入れて<ruby>甘<rt>あま</rt></ruby>くしました。
加了砂糖，弄成甜的。

③ 1 彼が来ると場が<ruby>盛<rt>も</rt></ruby>り上がります。
他一到來，現場氣氛就熱絡起來。

④ 2 バックの音楽が<ruby>心地<rt>ここち</rt></ruby>よいです。
背景音樂讓人覺得愉快。

⑤ 2 この服は<ruby>去年<rt>きょねん</rt></ruby>買いました。
這件衣服是去年買的。

⑥ 2 この試験は<ruby>全<rt>まった</rt></ruby>くわからないです。
這個測驗完全看不懂。

⑦ 2 わがままは<ruby>許<rt>ゆる</rt></ruby>されないです。
不可以任性。

⑧ 4 愛犬とは<ruby>気心<rt>きごころ</rt></ruby>が知れています。
我跟愛犬心靈相通。

⑨ 2 ＤＮＡで<ruby>同一<rt>どういつ</rt></ruby>人物とわかりました。
透過DNA，可以知道是同一個人。

⑩ 1 薬の<ruby>作用<rt>さよう</rt></ruby>で眠くなりました。
因為藥的作用而想睡。

> **難題原因**
>
> ③④⑧：對 N5 程度來說，這三題都屬於較高階的字彙，可能很多人不知道如何發音。
> ● 3：「盛り上がります」：熱烈、高漲起來。
> ● 4：「心地よい」：愉快。
> ● 8：「気心が知れています」：心靈相通。屬於慣用表達。

2

⑪ 3 大学に<ruby>進学<rt>しんがく</rt></ruby>しました。
進入大學就讀了。

⑫ 4 昨日は友達の家に<ruby>泊<rt>と</rt></ruby>まりました。
昨天在朋友家過夜。

⑬ 4 ブレーキをかけました。
踩下剎車。

⑭ 3 <ruby>今朝<rt>けさ</rt></ruby>子犬が生まれました。
今天早上小狗出生了。

⑮ 2 車に乗って<ruby>気分<rt>きぶん</rt></ruby>が悪くなりました。
坐上車之後覺得不舒服。

⑯ 4 東京オリンピックは１９６４年でした。
東京奧林匹克運動會在1964年舉行。

⑰ 2 彼女は<ruby>優<rt>やさ</rt></ruby>しいです。
她很溫柔。

⑱ 2 クリーニングは<ruby>八日<rt>ようか</rt></ruby>にできます。
乾洗八號可以洗好。

> **難題原因**
>
> ⑪：「進学」（しんがく：就學、就讀）對 N5 程度來說，屬於較高階的字彙。
>
> ⑫：
> ● 選項 1、2、3、4（止まりました、停まりました、留まりました、泊まりました）的發音都是「とまりました」，不能光從字彙發音作答，還必須掌握前後文語意才能選對答案。
> ● 此題的「泊まりました」是「投宿、過夜」的意思。

⑱：「八日」（發音：ようか），
「四日」（發音：よっか），兩者
容易混淆。

3

⑲ 2 **車子慢慢地行駛著。**
  1 走路
  2 行駛
  3 飛翔
  4 滑動

⑳ 3 **讓你擔心了，真是不好意思。**
  1 心配をもって：（無此用法）
  2 心配をいれて：（無此用法）
  3 心配をかけて：讓…擔心
  4 心配をのせて：（無此用法）

㉑ 1 **我把朋友的作業一字不漏地抄下來。**
  1 抄寫
  2 寫
  3 拿、取
  4 移動

㉒ 2 **閉上眼睛想像。**
  1 關閉
  2 閉上
  3 停止
  4 關掉

㉓ 1 **成立公司需要錢。**
  1 需要
  2 有…
  3 做…
  4 做

㉔ 2 **把草莓放在蛋糕上面。**
  1 搭乘
  2 名詞Ａ＋に＋名詞Ｂ＋を＋乗
    せます：把Ｂ放在Ａ上面
  3 丟下去
  4 淋上去

㉕ 2 **袋子的上方是折起來的。**
  1 開啟
  2 …を折ってあります：…是折起
    來的
  3 捲起來
  4 閉上

㉖ 4 **打破西瓜了。**
  1 毆打
  2 撞上
  3 弄壞
  4 打破

㉗ 2 **正在影印資料。**
  1 尋找
  2 影印
  3 收集
  4 撿拾

㉘ 1 **去除衣服的污漬。**
  1 汚れを取ります：去除污漬
  2 拿著
  3 沾上、附著
  4 看見

難題原因

⑳：
● 「心配をかけます」（讓…擔
  心）是慣用說法，其他選項都不
  對。
● 日文有很多既定的動詞用法，華
  語學生容易受到中文的影響而誤
  用。例如：
  「風邪を引きます」（感冒）：
  動詞要用「引きます」，絕不
  能受到中文影響誤用為「得ま
  す」。
  「電話をかけます」（打電
  話）：動詞要用「かけます」，
  絕不能受到中文影響誤用為「打
  ちます」。

言語知識（文字・語彙）

㉕：
- 對 N5 程度來説，「折ります」（おります：折）是屬於較高階的字彙。
- 「…を折ってあります」（…是折起來的）是慣用表達。

㉖：題目的圖所呈現的是「打破西瓜」，一定要使用「スイカを割ります」這種慣用説法。

難題原因

㉛：
- 對 N5 程度來説，「味方」（夥伴、同夥）是屬於較高階的字彙。
- 課本中未必會學到這個字，但在日本連續劇或電視節目上經常聽聞。

㉝：「顔が広いです」是由「顔」（臉）和「広いです」（寬廣的）組合而成的慣用語，比喻為「人面很廣」。

4 ㉙ **3** **掛斷電話。**
1 把電話弄壞了。
2 打了電話。
3 講完電話。
4 電話故障了。

㉚ **3** **如果要相親的話，已經受夠了。**
1 我對相親非常有興趣。
2 我覺得相親是非常好的事情。
3 我不想相親。
4 我很想相親。

㉛ **3** **我是你的夥伴。**
1 我對你非常了解。
2 我喜歡你。
3 我會幫助你。
4 我跟你一樣。

㉜ **2** **她很與眾不同。**
1 她不是好人。
2 她和其他人不一樣。
3 她的變化很大。
4 她變成有錢人了。

㉝ **3** **她的人面很廣。**
1 她的頭很大。
2 她的臉很醜。
3 她有很多朋友。
4 她很親切。

言語知識（文法） 読解

1

① 4 這種作法有問題。
1 …は問題とあります：（無此用法）
2 …は問題にあります：（無此用法）
3 …は問題をあります：（無此用法）
4 …は問題があります：…有問題

② 3 她在數字方面很擅長。
1 名詞＋が＋強いです：…是很強的
2 名詞＋を＋強いです：（無此用法）
3 名詞＋に＋強いです：在…方面很擅長
4 名詞＋で＋強いです：是…而且很強

③ 3 他好像很喜歡吃長崎蛋糕，而且經常吃。
1 好きなような：（無此用法）
2 「好きなように」的常用表達是「好きなように食べてください」（請想怎麼吃就怎麼吃）
3 …が好きなようで＋句子：好像很喜歡…，而且…
4 好きなようと：（無此用法）

④ 4 他獨自一人前來。
1 一人と＋来ました：（無此用法）
2 一人も＋来ました：無此用法（「も」通常表示數量多、程度高的狀況）
3 一人は＋来ました：至少有一個人來
4 一人で＋来ました：一個人前來（「で」表示「行動單位」）

⑤ 3 夏天酷熱是無可奈何的。
1 …ので：因為…
2 形容詞原形＋では：（無此用法）

3 暑いのは…：酷熱是…（形容詞接續「は」的正確接續是「形容詞原形＋の＋は」）
4 …とは：稱為…的是

⑥ 2 鞠躬行禮打招呼。
1 頭が下げて：（無此用法）
2 頭を下げて：鞠躬行禮
3 頭と下げて：（無此用法）
4 頭に下げて：（無此用法）

⑦ 1 她跟討厭的男人分手了。
1 名詞A＋は＋名詞B＋に＋さようならしました：A和B分手了（「に」表示「動作的對象」）
2 名詞＋で＋さようならしました：在…地點分手了
3 名詞＋は＋さようならしました：無此用法
4 名詞＋を＋さようならしました：（無此用法）

⑧ 2 我和那個人是朋友。
1 名詞＋では＋ともだちです：（無此用法）
2 名詞＋とは＋ともだちです：和…是朋友
3 名詞＋には＋ともだちです：（無此用法）
4 名詞＋から＋ともだちです：從…時候開始是朋友

⑨ 3 吃過飯之後再刷牙。
1 動詞て形＋でも：就算要做…也要…
2 動詞て形＋まで：甚至做…
3 動詞て形＋から：做過…之後再…
4 動詞て形＋では：（無此用法）

⑩ 1 把行李打包成一個放著。
1 一まとめにして：用在一起
2 「一まとめとして」的常用表達

言語知識（文法）• 読解

是「一まとめとして処理します」（當作一個處理）

3　一まとめまでに：（無此用法）

4　一まとめといって：（無此用法）

⑪　3　這一針是痛到令人要哭出來的程度。

1　泣くから：因為要哭

2　泣くまで：到開始哭的地步

3　泣くほど：要哭的程度

4　泣くなら：要哭的話

⑫　2　我是那個女演員的影迷，所以打算至少要去看個三次。

1　三回も見に行く：竟然要去看三次這麼多（「も」表示數量多、程度高的狀況）

2　少なくとも三回は見に行く：至少要去看三次

3　三回が見に行く：（無此用法）

4　三回で見に行く：（無此用法）

⑬　4　這杯冰咖啡很苦。

1　名詞＋と＋つよいです：（無此用法）

2　名詞＋を＋つよいです：（無此用法）

3　名詞＋で＋つよいです：是…而且很強的

4　名詞＋が＋つよいです：…是很強勁的

⑭　4　興趣因人而異。

1　人ならば：是人的話

2　人からは：從人的話…

3　人までは：連人也不…（後面通常接續否定用法）

4　人によりちがいます：根據人而有所不同、因人而異

⑮　2　我覺得今天不會下雨。

1　雨とはならないと思います：（無此用法）

2　雨にはならないと思います：覺得不會變成下雨

3　雨までならないと思います：（無此用法）

4　雨ではならないと思います：（無此用法）

⑯　2　天空非常地寬廣。

1　どこからも：不論從哪裡也…

2　どこまでも：不論到哪裡都…

3　どことかも：（無此用法）

4　どこなども：（無此用法）

難題原因

⑪：

● 必須知道句中的「ほど」表示「程度」，才可能正確作答。

● 對 N5 程度來説，「ほど」表示「程度」屬於較高階的表達，可能很多人不知道這個用法。

⑫：

● 必須知道「少なくとも＋數量詞＋は」（至少…）這個慣用表達才可能答對。

● 句中「は」表示「至少、最低數量」。

⑭：

● 必須知道「名詞＋に＋より」（根據…）這個慣用表達才可能答對。

● 「人によりちがいます」（因人而異）是慣用表達。

● 對 N5 程度來説，這屬於較高階的表達。

⑯：

● 必須知道「どこまでも」（不論到哪裡都…）這個慣用表達才可能答對。

● 「どこまでも広いです」字面
意思是「不論到哪裡都是寬廣
的」，引申為「非常寬廣」的意
思。
● 對 N5 程度來說，這是屬於較高
階、困難的表達用法。

因為他很固執，所以不論說什麼都
聽不進去。

解析
● 頭が固い（固執的）
● 何を言っても（不論說什麼都⋯）
● 聞き入れません（聽不進去）

2 ⑰ 4 今日の 3 料理は 1 いつも 4
★
より 2 おいしく できていま
した。

今天的料理做得比平常好吃。

解析
● 今日の料理（今天的料理）
● いつもより（比平常⋯）
● おいしくできていました（做得很好
吃）

⑱ 2 小さい頃 4 から 1 ずっと 2
★
したかった 3 仕事に つくこ
とができて幸せです。

可以做從小就一直想做的工作是幸
福的。

解析
● 小さい頃から（從小時候開始）
● ずっとしたかった仕事（一直想做的
工作）
● ⋯仕事につくことができて（可以從
事⋯工作）

⑲ 1 彼は 3 頭が 1 固いから 4
★
何を 2 言っても 聞き入れま
せん。

⑳ 2 家から 1 学校 4 までは 3
電車で 2 三十分 かかりま
★
す。

搭電車從家裡到學校要花三十分鐘。

解析
● 家から学校まで（從家裡到學校）
● 交通工具＋で（搭乘⋯交通工具）
● 三十分かかります（要花三十分鐘）

㉑ 3 彼は 4 自分の 2 失敗を 1
★
人の 3 せいに します。

他把自己的失敗歸咎於他人。

解析
● 自分の失敗（自己的失敗）
● 失敗を人のせいにします（把失敗歸
咎於別人）

難題原因

⑲：
● 要知道「頭が固い」（固執的）
這個慣用表達才可能答對。

㉑：
● 「A を B のせいにします」（把
A 歸咎於 B）這個慣用表達對 N5
程度來說，是較困難用法。

言語知識（文法）● 読解

3

(22) 4
1 …をするとをよく見ます：（無此用法）
2 …をするはをよく見ます：（無此用法）
3 …をするがをよく見ます：（無此用法）
4 …をするのをよく見ます：經常看到做…這樣的事情（「の」在此等同「こと」）

(23) 2
1 そのとき：那個時候
2 そのあと：之後
3 そのから：無此用法（正確日語是「それから」（然後））
4 そのまで：無此用法（正確日語是「それまで」（在那之前））

(24) 1
1 食べてから歯をキレイにするほうが当たり前：吃過之後再把牙齒清潔乾淨比較正常
2 キレイにすることが当たり前：用乾淨這件事情是正常的
3 キレイにするときが当たり前：用乾淨的時候是正常的
4 キレイにするひとが当たり前：用乾淨的人是正常的

(25) 3
1 それほど：那樣的程度
2 それまで：在那之前
3 それから：然後
4 それなら：如果是那樣

(26) 4
1 それほど：那樣的程度
2 それまで：在那之前
3 それから：然後
4 それなら：如果是那樣

> **難題原因**
>
> (26)：
> ● 必須知道「それなら」表示「如果是那樣」，才能正確作答。
> ● 對 N5 程度來說，這屬於較高階的表達用法。

4

(1)
> **解析**
>
> ● ウソつきはどろぼうの始まり（説謊是小偷的開始）
> ● 空き巣（闖空門）
> ● 無言でする（沉默進行）
> ● サギ師（詐騙專家）

(27) 1
因為説謊和小偷是兩碼子事。
> **題目中譯** 作者為什麼認為「説謊是小偷的開始」的説法很奇怪？

(2)
> **解析**
>
> ● 体の水分が足りないので、脳から水分がとられるからです（因為身體的水分不夠，從頭部攝取水份）
> ● 多めに水を飲めば、頭痛が早く治ります（只要喝多一點水，頭痛就可以快一點痊癒）

(28) 1
因為頭部的水份會跑到身體。
> **題目中譯** 為什麼喝酒的隔天會覺得頭痛？

(3)
> **解析**
>
> ● おいしいものを作ってくれました（為我做了好吃的東西）
> ● 魚やいか（魚或花枝）
> ● しょうゆで食べるとおいしかったです（沾醬油吃很好吃）

(29) 4
> **題目中譯** 這個人昨天吃了什麼？

> **難題原因**
>
> (27)：
> ● 題目在測驗考生「是否真的理解文章的含意」。除了要能掌握字面的意思，也要具備文章的理解力，才能體會作者想表達的要點，並能答對。

● 答題關鍵在於「どろぼう、〜無言でするもの」這段話。從這段話可以推斷作者認為「小偷、闖空門、扒手都是默不作聲的進行壞事」，和「説謊」這種要發出聲音的事情是完全不同的。

題目中譯 購買哪一家公司的機票比較好？

5

解析

● バットとボールを買ったら合計１ドル１０セントでした（球棒和球一起買總共是1美元10分錢）

● 簡単ですね。と思った方は残念でした（覺得很簡單的人，真是可惜了）

● たぶん計算をとばして直感で答えたのではないでしょうか？（是不是跳過計算，用直覺回答了？）

● しかも、頭のいい人ほどダメだったそうです（而且聽説越聰明的人越不會）

㉚ 1 5分錢。
　　題目中譯 以下何者是問題的正確解答？

㉛ 3 球5分錢，球棒1美元5分錢。
　　題目中譯 各別的正確價格是多少？

6

解析

● できるだけ多く台湾に滞在したいです（想在台灣盡量停留多一點時間）

● できるだけ節約して、安く行きたいです（想要盡量節省一點，花越少錢去（台灣））

● 片道（單程）

● 往復（來回）

㉜ 3 C航空公司。

聴解

1

1 ばん—1

テレビで 女の人が話しています。この人は、何を食べるといいですか。

女　すいかとりんごとトマトには、ビタミンＡがあります。キウイには、ビタミンＣがあります。私は、ビタミンＣが足りません。すいかは水分が多いから、のどが渇いているときに食べるといいです。でも、私は今、そんなにのどが渇いていません。

この人は、何を食べるといいですか。

解析
- ビタミンＡ（維他命 A）
- キウイ（奇異果）
- ビタミンＣ（維他命 C）
- 足りません（不夠）
- のどが渇いているときに食べるといいです（在喉嚨乾渴時吃的話是很好的）
- そんなにのどが渇いていません（喉嚨沒有那麼渴）

難題原因
- 答題的關鍵線索分散在整篇文章中，要仔細聆聽各個細節並一一記錄下來。
- 答題的關鍵線索有兩點：
  (1) キウイには、ビタミンＣがあります（奇異果有維他命 C）

(2) 私は、ビタミンＣが足りません（我的維他命 C 不足）
- 從上述內容可以推斷女性目前需要吃的是富含維他命 C 的奇異果。
- 選項 2 的「西瓜」是陷阱，女性雖然有提到西瓜水分多，適合在口渴時吃，但她現在喉嚨沒有那麼渴，所以不用吃西瓜。

2 ばん—1

学校の先生が話しています。火事のときは、まず最初に何をしますか。

男　火事のときは、まず窓を手で開けてください。消防隊が来て、下にマットの準備をします。準備ができたら、飛び降りてください。

火事のときは、まず最初に何をしますか。

解析
- 火事（火災）
- 窓を手で開けてください（請用手打開窗戶）
- マット（墊子）
- 準備ができたら、飛び降りてください（準備完成之後，請往下跳）

3 ばん—4

男の社員と女の社員が話しています。男の社員は、まず何をしますか。

女　この書類にサインをしてください。

男　ここですか。

女　あ、そのまえにここにチェックを付けてくださいね。それから、ここに会議の内容を書いてください。

男　この備考のところは、何も書かなくてもいいんですか。

女　あ、忘れていました。まず最初にそこを書かないといけません。

男　わかりました。

男の社員は、まず何をしますか。

解析
- サインをしてください（請簽名）
- チェックを付けてください（請打上勾勾的記號）
- 備考（備註）
- 何も書かなくてもいいんですか（可以什麼都不寫嗎？）
- まず最初にそこを書かないといけません（一開始必須先寫那裡）

難題原因
- 要注意題目問的是男員工要做的第一個步驟是什麼，對話中可能隨時因為某個因素而改變動作的步驟，聆聽時一定要一一記録各個細節，才能有助於正確作答。
- 答題的關鍵線索有兩點：
  (1) 男性提問的：この備考のところは、何も書かなくてもいいんですか（備註的部分可以什麼都不寫嗎？）
  (2) 女性回應的：まず最初にそこを書かないといけません（一開始必須先寫那裡）
- 男性依序要做的事情是：填寫備註內容→打上勾勾的記號→寫下會議內容→在資料上簽名

4 ばん―1

男の人と女の人が、電話で話しています。女の人は、映画を見る前に何をしますか。

男　明日時間ありますか？いっしょに映画を見ましょう。

女　朝はプレゼンがあります。昼からは上司と話があります。夜は、お客さんと食事します。その後だったらいいですよ。

男　じゃ、そうしましょう。

女の人は、映画を見る前に何をしますか。

解析
- プレゼン（簡報）
- その後だったらいいですよ（之後的話是可以的）
- 女性明天依序要做的事情是：早上要做簡報→中午開始和上司談話→晚上和客戶吃飯→看電影

5 ばん―2

男の人と女の人が話しています。女の人は、最初に何をしますか。

男　お湯を沸かしてください。麺を茹でてください。あ、でもまずにんにくを切ってくださいね。

女　わかりました。

男　それと、目玉焼きも作ってくださいね。

聴解

でも、それは最後でいいですよ。

女 の人は、最初に何をしますか。

解析

- お湯を沸かしてください（請把水燒開）
- 麺を茹でてください（請煮麺）
- まずにんにくを切ってください（請先切大蒜）
- 目玉焼き（荷包蛋）
- それは最後でいいですよ（那個最後做就可以了）
- 女性依序要做的事情是：切大蒜→把水燒開→煮麺→煎荷包蛋

6 ばん―3

男 の人と店員が話しています。店員は 男 の人に何をわたしましたか。

女 いらっしゃいませ。どんなものをお探しですか。

男 あれください。あの、ペンで書いた字を消すときに使うものをください。

女 これですね。

店員は 男 の人に何をわたしましたか。

解析

- どんなものをお探しですか（您在找什麼樣的東西？）
- あれください（請給我那個）
- ペンで書いた字を消すときに使うもの（要消除用原子筆所寫的字時使用的東西）

7 ばん―1

女 の人とバス会社の人が話しています。女 の人は、何番のバスを待ちますか。

女 すみません。1 番のバスは、よこばし駅に行きますか。

男 いいえ、よこばしの方に行くバスは、3 番と 5 番と 6 番と 7 番ですよ。

女 そうですか。

男 あ、でも今日は日曜日ですから、5 番と 7 番は当分来ないと思いますよ。

女 そうですか。

男 6 番は、今出たのでかなり待たないと来ないと思います。

女 わかりました。じゃ、すぐ来るのを待ちます。

女 の人は、何番のバスを待ちますか。

解析

- 何番のバス（幾號公車）
- …の方に行くバス（往…方向的公車）
- 当分来ない（暫時不會來）
- 今出たのでかなり待たないと来ない（因為現在剛開走，沒有再等一段時間是不會來的）
- すぐ来るのを待ちます（我等馬上會來的公車）

2

1 ばん—2

おとこ せんせい おんな がくせい はな おんな
男 の先生と 女 の学生が話しています。 女 の
がくせい さいしょ なに つか
学生は最初に何を使いますか。

男 ファイルは、ＣＤ−Ｒに入っています。そ
はい
れを、プリントしてください。

女 もうプリントしました。

男 じゃ、メモ用紙に自分の名前を書いては
ようし じぶん なまえ か
ってください。

女 はい。

男 それから、ホッチキスでとめて、ファイル
い だ
に入れて、出してくださいね。

女 わかりました。

おんな がくせい さいしょ なに つか
女 の学生は最初に何を使いますか。

解析

• ファイルは、ＣＤ−Ｒに入っています（檔案在光碟片
裡）

• プリントしてください（請列印出來）

• メモ用紙に自分の名前を書いてはってください（請在便
條紙上寫上自己的名字，再貼上去）

• ホッチキスでとめて、ファイルに入れて、出してくださ
いね（請用釘書機釘起來，再放入資料夾中，再交出來）

難題原因

• 不容易掌握答題的關鍵線索，要仔細聆聽各個細節並
一一記錄下來，才不會被誤導。

• 答題的關鍵線索有兩點：
(1) 女性針對男性提出要將光碟片的資料印出來時所
回應的：もうプリントしました（已經列印了）
(2) 男性接著回應的：じゃ、メモ用紙に自分の名前
を書いてはってください（那麼，請在便條紙上
寫上自己的名字，再貼上去）

• 所以女性要使用的第一個工具是「便條紙」。

2 ばん—4

おとこ しゃいん おんな しゃいん はな
男 の社員と 女 の社員が話しています。どの
ひと やまもと ねえ
人が山本さんのお姉さんですか。

女 みんな若いですね。どれが山本さんです
わか やまもと
か。

男 写真の右から２番目の 男 の人です。
しゃしん みぎ ばんめ おとこ ひと

女 じゃ、山本さんの 妹 は？
やまもと いもうと

男 山本さんの 左 に座っている、白い水着
やまもと ひだり すわ しろ みずぎ
を着ている 女 の人。
き おんな ひと

女 山本さんのお姉さんは？
やまもと ねえ

男 そのまた 隣 に座っている 女 の人です
となり すわ おんな ひと
よ。

女 山本さんの 妹 もお姉さんも、山本さん
やまもと いもうと ねえ やまもと
に似ていますね。
に

ひと やまもと ねえ
どの人が山本さんのお姉さんですか。

聴解

解析

- 若い（年輕）
- 右から 2 番目（從右邊數過來的第二位）
- 山本さんの左に座っている、白い水着を着ている女の人（坐在山本先生左邊，穿白色泳衣的女性）
- そのまた隣に座っている女の人です（是坐在那個（指穿白色泳衣的女性）的隔壁的女性）
- 山本さんによく似ていますね（和山本先生很像耶）
- 山本先生是右邊數過來的第二位，妹妹坐在他的左邊，姐姐則是妹妹再過去的那個位置，所以是右邊數過來的第四位。

3 ばん—2

男 の人と 女 の人が世界旅行の 話 をしています。 男 の人は、中 国 に行く前にどこに行きましたか。

男 世界を旅行してきましたよ。

女 すごいですねえ。どこに行きましたか。

男 まず、イギリスに行きました。時計が付いた大きな建物を見ました。それから、イタリアで、斜めになった建物を見ました。中 国 に行って、長いお城を見ました。あ、そうそう。イタリアと 中 国 の間に、エジプトで三角形の建物を見ましたよ。

女 有名な建物ばかりですね。いいですね。私も行きたいです。

男 の人は、中 国 に行く前にどこに行きましたか。

解析

- 中国に行く前にどこに行きましたか（去中國之前去了哪裡？）
- 世界を旅行してきました（我環遊世界回來了）
- すごいですねえ（好厲害）
- 時計が付いた大きな建物を見ました（看到了有掛時鐘的大型建築）
- 斜めになった建物を見ました（看到了傾斜的建築物）
- 長いお城（很長的城牆）
- イタリアと中国の間に、エジプトで三角形の建物を見ましたよ（在義大利和中國之間，在埃及看了三角形的建築）
- 有名な建物ばかりですね（都是有名的建築耶）
- 男性旅行國家依序是：英國→義大利→埃及→中國

4 ばん—2

女 の先生と 男 の学生が話しています。 男 の学生は、何を飼いますか。

女 夏休みの 宿 題、何を飼いますか。虫を飼うのが 宿 題ですよね。

男 とんぼを飼おうと思いました。でも、虫かごは狭いので、飛ぶことができません。だから、やめました。

女 じゃ、何を飼いますか。

男 さそりもいいですが、危ないからだめです。それで、かぶと虫がいいと思いました。

女 いいですね。男の子らしいです。

男 でも、かぶと虫は高いから、やめました。ちょうはあまり飛び回らないから、ちょうなら大丈夫だと思います。だから、これに決めました。

男の学生は、何を飼いますか。

解析
- 虫を飼う（飼養昆蟲）
- とんぼを飼おうと思いました（原本打算養蜻蜓）
- 虫かご（養昆蟲的箱子）
- 飛ぶことができません（無法飛翔）
- やめました（放棄了）
- さそり（蠍子）
- かぶと虫（獨角仙）
- 男の子らしいです（很像男孩子的風格）
- ちょうはあまり飛び回らないから（因為蝴蝶不常飛來飛去）
- ちょうなら大丈夫だと思います（我覺得如果是蝴蝶的話是沒問題的）
- これに決めました（決定養這個了）

5 ばん—1

男の人と女の人が話しています。女の人は、二日目の午後は、何をしましたか。

女 休日、とても楽しかったです。

男 何をしましたか。

女 最初の日は、午後は温泉に入って、夜はマッサージに行きました。

男 次の日は？

女 午前はパンの作りかたを習いました。午後はゆっくり泳ぎました。

男 楽しそうですね。

女の人は、二日目の午後は、何をしましたか。

解析
- 最初の日は、午後は温泉に入って、夜はマッサージに行きました（第一天下午泡溫泉，晚上去按摩）
- 午前はパンの作りかたを習いました（早上學習麵包的作法）
- 午後はゆっくり泳ぎました（下午悠閒地游泳）
- 楽しそうですね（好像很快樂耶）

6 ばん—1

社長が社員に話しています。社員は何を持っていきますか。

女 ちょっとこの書類を、会社に持っていってください。パンフレットは持っていかなくてもいいです。このいんかんを持っていってください。それから、このサンプルもお願いします。でも、この報告書はまた今度でいいですよ。

社員は何を持っていきますか。

解析

聴解

- パンフレットは持っていかなくてもいいです（宣傳用的小冊子可以不用帶）
- いんかん（印章）
- サンプル（樣品）
- この報告書はまた今度でいいですよ（這份報告書下次帶去就可以了）

難題原因

- 不容易掌握答題的關鍵線索，要仔細聆聽各個細節並一一記錄下來，才能知道哪些東西要帶，那些東西不需要帶。
- 女性提到的東西包含：
  資料、宣傳用的小冊子、印章、樣品、報告書。
- 其中「宣傳用的小冊子」可以不用帶，「報告書」可以下次再帶去。
- 所以要帶去的東西是：
  資料、印章、樣品。

3

1 ばん―3

男の人は、次の絵が見たいです。何と言いますか。

1 次の絵を見ることができるよ。
2 次の絵を見なければならないよ。
3 次の絵を見ましょうよ。

解析

- 次の絵が見たいです（想要看下一幅畫）
- …を見ることができるよ（可以看…喔）

- …を見なければならない（一定要看…）
- 次の絵を見ましょうよ（我們看下一幅畫吧）

2 ばん―1

友達を呼んで、いっしょに遊びます。何と言いますか。

1 いっしょに遊びましょう。
2 いっしょに遊んだほうがいいです。
3 いっしょに遊ぶことができます。

解析

- 友達を呼んで、いっしょに遊びます（要叫朋友過來一起玩）
- いっしょに遊びましょう（我們一起玩吧）
- いっしょに遊んだほうがいいです（一起玩比較好）
- いっしょに遊ぶことができます（可以一起玩）

3 ばん―2

女の人は、マッサージします。何と言いますか。

1 ここマッサージお願いしますね。
2 ここマッサージしますね。
3 ここマッサージしてくださいね。

解析

- マッサージ（按摩）
- ここマッサージしますね（我要按摩這裡喔）

か。

1 持ってもいいですか。

2 持ってもできますか。

3 持つといいですか。

解析

- 手を持ちたいです（想要把手舉起來）
- 持ってもいいですか（我可以把你的手舉起來嗎？）
- 持ってもできますか（即使拿起來也可以嗎？）
- 持つといいですか（拿起來就可以了嗎？）

4 ばん―1

書類を見たいです。何と言いますか。

1 書類を見せてください。

2 書類を見てください。

3 書類を見ます。

解析

- 書類を見たいです（想要看資料）
- 書類を見せてください（請讓我看資料）
- 書類を見てください（請看資料）

難題原因

- 選項 3 是陷阱，想要看別人手上的資料時，不會用「書類を見ます」（我要看資料）這種說法。
- 必須用「…を見せてください」（請讓我看…）這種請求拜託的說法。

5 ばん―1

女の人は、手を持ちたいです。何と言います

難題原因

- 選項 1 和選項 3 都是陷阱。
- 選項 1：ここマッサージお願いしますね（麻煩按摩這裡）
- 選項 3：ここマッサージしてくださいね（請按摩這裡）
  選項 1 和選項 3 都是「被按摩者」對服務人員所說的話。

4

1 ばん―3

女 これからお世話になります。

男 1 こちらこそ。どういたしまして。

2 お世話します。よろしくお願いします。

3 こちらこそ。よろしくお願いします。

中譯

女 今後要勞煩您多多關照。

男 1 彼此彼此。不客氣。

2 我會照顧。請多多指教。

3 彼此彼此。請多多指教。

解析

- これから（今後）
- こちらこそ（彼此彼此）

聴解

2 ばん—3

男 コーヒーはいかがですか。

女 1 おいしいです。

2 わかりました。

3 ありがとうございます。

（中譯）

男 喝杯咖啡如何？

女 1 很好喝。

2 我知道了。

3 謝謝。

（解析）

●「名詞（飲料或食物）＋いかがですか。」是「勸誘或推薦對方吃…、喝…」的説法。

3 ばん—2

男 アメリカ人は、何でご飯を食べますか。

女 1 おいしいので食べます。

2 フォークとナイフで食べます。

3 ときどき食べます。

（中譯）

男 美國人用什麼東西吃飯？

女 1 因為好吃才吃。

2 用刀叉吃飯。

3 偶爾吃。

（解析）

●フォーク（叉子）

●ナイフ（刀子）

4 ばん—1

男 失礼ですが、お名前は？

女 1 山田華子です。

2 お名前を教えてください。

3 さあ、あの人の名前はよく知りません。

（中譯）

男 不好意思，請問您的大名是什麼？

女 1 我叫做山田華子。

2 請告訴我你的名字。

3 嗯，我不清楚那個人叫什麼名字。

（解析）

●よく知りません（不清楚）

5 ばん—1

女 福岡は鹿児島よりも人が多いですか。

男 1 ええ、福岡のほうが多いです。

2 ええ、鹿児島のほうが多いです。

3 ええ、どちらも多いです。

（中譯）

女 福岡的人口比鹿兒島多嗎？

男 1 嗯，福岡的人口比較多。

2 嗯，鹿兒島的人口比較多。

3 嗯，兩邊的人口都很多。

【難題原因】

●對外國人來説，題目的語意較難理解。

●此題同時也在測驗「ええ」這個肯定語氣詞的用法。

●題目的語意是：福岡和鹿兒島，人口比較多的是福岡嗎？

- 如果回答「ええ」（嗯、對），因為「ええ」是肯定的語氣，所以後面接續「福岡のほうが多いです」（福岡比較多）是正確的。
- 選項 2 錯誤的原因是：明明回答「ええ」（嗯、對），卻又說是「鹿児島のほうが多いです」（鹿兒島比較多），語意前後矛盾。

6 ばん—2

男　どうしましたか。

女　1　ご飯を食べました。

　　2　熱があるんです。

　　3　今から寝ます。

中譯

男　怎麼了嗎？

女　1　吃過飯了。

　　2　發燒了。

　　3　我現在要去睡覺。

解析

- 熱がある（發燒）

難題原因

- 要知道「どうしましたか」的語意是：覺得對方看起來令人擔心，所以關心地詢問「是不是怎麼了」。
- 掌握了「どうしましたか」的正確語意，就會知道選項 1 和選項 3 都是不恰當的回應。

言語知識（文字・語彙）

1

① 2 このカレーはとても辛いです。
這種咖哩很辣。

② 3 学力とはテストの点数ではありません。
學力不等於考試的分數。

③ 1 あの人はなんか怪しいです。
那個人有點可疑。

④ 1 このテーブルは汚いです。
這張桌子很髒。

⑤ 2 奥の部屋に入りました。
進入了裡面的房間。

⑥ 4 台所で料理します。
在廚房做料理。

⑦ 4 角を曲がるとタバコ屋があります。
拐過轉角就有一間賣香煙的店。

⑧ 3 歌が苦手です
我不擅長唱歌。

⑨ 2 手品の練習をします。
練習魔術。

⑩ 1 売上が伸びました。
業績提升了。

> **難題原因**
>
> ③⑨⑩：對 N5 程度來說，這三題都屬於較高階的字彙，可能很多人不知道如何發音。
> - 3：「怪しい」：可疑的。課本未必經常出現，但屬於日本人生活中的常用字彙。
> - 9：「手品」：魔術。課本未必經常出現，但屬於日本人生活中的常用字彙。
> - 10：「売上」：業績。常見於商業用語。

2

⑪ 2 このマンガは絵は嫌いだけどストーリーがおもしろいと思います。
我不喜歡這部漫畫的圖，但是覺得故事情節很有趣。

⑫ 3 あの映画のラストシーンは良かったです。
那部電影的結局畫面很棒。

⑬ 3 交番で道を聞きます。
在派出所問路。

⑭ 4 彼女の誕生日は二十日です。
她的生日是二十號。

⑮ 3 彼女のまじめさには感心します。
對她的認真程度感到佩服。

⑯ 3 最近、仕事は好調です。
最近工作很順利。

⑰ 4 この子はもう言葉をしゃべれます。
這個孩子已經會說話了。

⑱ 4 そっちはちがう方向です。
那邊是錯誤的方向。

> **難題原因**
>
> ⑭：
> - 日文的日期發音較特殊，要特別留意。「二十日」（20 號）的發音為「はつか」。
> - 選項 1「四日」（よっか：4 號）。選項 2「八日」（ようか：8 號）。選項 3「九日」（ここのか：9 號）。
>
> ⑯：「好調」（こうちょう：順利）對 N5 程度來說，屬於較高階的字彙。

3

⑲ 3 **把錢存進銀行。**
1 拿出來
2 交換
3 存入
4 放在…的上面

⑳ 3 **藥效發作，想睡覺了。**
1 拿出來
2 拿著
3 …がきいて：…發揮作用
4 有…

㉑ 4 **在料理上淋上醬油。**
1 放置
2 放在…的上面
3 丟下去
4 淋上…

㉒ 4 **衣服上沾了咖啡漬。**
1 來了
2 撞上
3 發生了
4 …が付きました：沾上…

㉓ 2 **繫上緞帶，送出禮物。**
1 拿著
2 リボンを付けて：繫上緞帶
3 貼上
4 拿、取

㉔ 2 **把信送到家。**
1 收到
2 送達
3 去
4 讓…去

㉕ 1 **面對車子的話，駕駛座在右邊。**
1 右邊
2 左邊
3 前面
4 後面

㉖ 4 **從抽屜拿出文件夾。**
1 桌子
2 空盒子
3 倉庫、儲藏室
4 抽屜

㉗ 3 **正在拍攝電影。**
1 看
2 拿著
3 映画をとって：拍攝電影
4 拍攝（照片）

㉘ 1 **拿毛巾做體操。**
1 拿著
2 掛上
3 放置
4 疊、折

難題原因

⑳：對 N5 程度來説，「薬がききます」（藥效發揮作用）是屬於較高階的表達，必須知道這個説法才可能答對。

㉑：
● 必須知道「淋上…液體」時要使用「かけます」（淋上）這個動詞，才可能答對。
● 「某物（名詞）＋に＋液體（名詞）＋を＋かけます」（在某物上面淋上某種液體）是慣用表達。

㉕：
● 必須知道「向かいます」（むかいます：面對、朝向）的意思，才能配合圖片知道空格要填入「右」。
● 「某物（名詞）＋は＋向かって右にあります」是指「面對某物的話，某物在右邊」。

言語知識（文字・語彙）

4

㉙ 4 **午餐用麵包解決。**
　　1　午餐喜歡吃麵包。
　　2　午餐吃麵包不好。
　　3　午餐想吃麵包。
　　4　午餐只吃麵包。

㉚ 2 **拿起了杯子。**
　　1　買了杯子。
　　2　拿著杯子。
　　3　偷了杯子。
　　4　弄壞了杯子。

㉛ 1 **受邀參加派對。**
　　1　被問要不要來派對。
　　2　被人要求請舉辦派對。
　　3　做好派對的準備了。
　　4　參加了派對。

㉜ 3 **這種昆蟲很稀少。**
　　1　這種昆蟲很多。
　　2　這種昆蟲很有名。
　　3　這種昆蟲的數量很少。
　　4　這種昆蟲會發出很大的聲音。

㉝ 4 **這張相片令人懷念。**
　　1　這張相片還很新。
　　2　這張相片非常老舊。
　　3　這張相片拍得很漂亮。
　　4　看到這張相片，會讓人回想起
　　　　過往。

> **難題原因**
>
> ㉚：對 N5 程度來説，「手に取り
> ます」（拿在手上）是屬於較高階
> 的表達用法。
>
> ㉜：「めずらしい」（稀少的）是
> 屬於 N5 程度的字彙，但對於外國
> 人而言，「めずらしい」的用法是
> 較困難的。

言語知識（文法）読解

1

① 1 他看起來很強的樣子。
1 見るからに：一看就是…
2 見るまでに：在看到之前
3 「見ることに」的常用表達是「見ることにしました」（決定要看了）
4 見るのでは：看的話

② 2 遠足在沒有下雨的情況下結束了。
1 動詞原形＋までもなく：用不著做…
2 雨が降ることもなく：沒有下雨
3 動詞原形＋からもなく：（無此用法）
4 動詞原形＋ときもなく：沒有做…的時候

③ 3 電車就快來了。
1 すぐは：（無此用法）
2 すぐで：（無此用法）
3 すぐに＋動詞：很快地做…、立即做…
4 すぐと：（無此用法）

④ 2 練習了好幾次。
1 何度は＋動詞：（無此用法）
2 何度も＋動詞：做…做好幾次
3 何度が＋動詞：（無此用法）
4 何度に＋動詞：（無此用法）

⑤ 3 在車子等紅燈的空檔，下車去外面買報紙。
1 「動詞ている間は」的常用表達是「動詞ている間は＋動詞」（在做…的時候就要做…）
2 「動詞ている間と」的常用表達是「動詞ている間と＋動詞ている間は」（在做…的時候和做…的時候）
3 動詞ている間に＋動詞：在…的時候做…（後面接續「一次性的動作」）

4 動詞ている間で：（無此用法）

⑥ 1 即使（從）現在（開始）去也來得及，所以趕快前往車站。
1 今からでも：即使從現在開始也…
2 今からも：從現在也…
3 今からとは：（無此用法）
4 今からまで：（無此用法）

⑦ 1 做的真好，讓我覺得「是真的嗎？」。
1 本物かと思います：覺得「是真的嗎？」
2 本物とか思います：（無此用法）
3 本物なら思います：（無此用法）
4 本物まで思います：（無此用法）

⑧ 4 餵貓吃飼料。
1 名詞＋は＋えさをあげます：…餵飼料
2 名詞＋も＋えさをあげます：…也餵飼料
3 名詞＋で＋えさをあげます：用…餵飼料
4 名詞＋に＋えさをあげます：餵…吃飼料（「に」表示動作的對象）

⑨ 2 我跟部長談不來（講話不投機）。
1 名詞＋には＋話が合いません：（無此用法）
2 名詞＋とは＋話が合いません：和…談不來
3 名詞＋へは＋話が合いません：（無此用法）
4 名詞＋から＋話が合いません：從…開始談不來（不是常用説法）

言語知識（文法）● 読解

⑩ 2 **工作會在六點之前結束。**
1 6時からは：從六點
2 6時までに：在六點之前
3 6時なので：因為是六點
4 6時そして：（無此用法）

⑪ 3 **我受到那個人的關照。**
1 世話がなりました：（無此用法）
2 世話となりました：（無此用法）
3 世話になりました：受到照顧
4 世話をなりました：（無此用法）

⑫ 1 **所有的事情都進行得很順利。**
1 なにもかも：一切、所有
2 なにもでは：（無此用法）
3 なにもとは：（無此用法）
4 なにもなら：（無此用法）

⑬ 2 **在這樣的颱風天，不可以外出。**
1 こんな台風には：（無此用法）
2 こんな台風では：在這樣的颱風天
3 こんな台風とも：（無此用法）
4 こんな台風まで：連這樣的颱風都…

⑭ 2 **你要找的書不在這個地方。**
1 ここではありません：不是這個地方
2 ここにはありません：不在這個地方
3 ここからありません：從這裡是沒有的
4 ここまでありません：到這裡是沒有的

⑮ 4 **再也不要跟那種人有牽連了。**
1 いま～二度と：（無此用法）
2 まだ～二度と：（無此用法）
3 あと～二度と：（無此用法）
4 もう～二度と＋動詞否定用法：

再也不做…

⑯ 1 **我喜歡吃炒飯之類的中華料理。**
1 名詞＋とか：…啦（表示舉例的用法）
2 名詞＋では：是…的話
3 名詞＋なら：是…的話
4 名詞＋とは：稱為…的是

難題原因

① ：
- 必須知道「見るからに」（一看就是…）這個慣用表達才可能答對。
- 「見るからに」後面通常會接續「…そうです」，表示「一看就是…的樣子」。
- 對 N5 程度來說，這屬於較高階的表達。

⑥ ：
- 也許是受到中文的影響，很多人會誤用為「今からも間に合う」，而選擇了選項 2。
- 「今からでも間に合う」（選項 1）才是正確用法。

⑦ ：
- 必須知道句子要表達的真正含意是什麼，才可能正確作答。
- 句子原意是「よくできていて本物か？と思います」（做的真好，讓我覺得「是真的嗎？」）。

⑫ ：
- 必須知道「なにもかも」（一切、所有）這個慣用表達才可能答對。
- 對 N5 程度來説，這屬於較高階的表達用法。

2

⑰ 3　病気と　2 戦う　3 力は　1 誰
もが　4 体　に持っています。

每個人的身體都有跟疾病作戰的能力。

［解析］
- 病気と戦う力（和疾病作戰的能力）
- 誰もが（不管誰都…）
- 名詞＋は＋体に持っています（身體具備有…）

⑱ 3　学校は　4 あさってから　2 な
ので　1 今日と　明日で　3 宿
題を　全部　やらないといけま
せん。

因為學校後天就開學了，必須利用今天和明天把功課做完。

［解析］
- あさってからなので（因為從後天開始）
- 今日と明日で（利用今天和明天）
- 宿題を全部やらないといけません（必須把功課全部做完）

⑲ 4　自分が　鏡で　2 見る　1 顔と
3 他の人　4 から　見る自分の
顔は、全然ちがいます。

自己照鏡子看到的臉孔和別人眼中看到的臉孔是完全不一樣的。

［解析］
- 鏡で見る顔（透過鏡子看見的臉）
- 他の人から見る（從別人眼中看見的）
- AとBは、全然ちがいます（A 和 B 完全不一樣）

⑳ 2　みんな　1 ビデオで　4 自分を
2 見ると　3 思って　いた　の
とちがうのでビックリしま
す。

大家透過影片看自己的話，因為和原本想像的不同，所以會感到驚訝。

［解析］
- ビデオで自分を見ると（透過影片看自己的話）
- 思っていたのとちがうので（因為和原本想像的不同）

㉑ 1　人の　うわさは　4 誰かに　2
伝える　1 たびに　3 だんだん
と　話が大きくなります。

人與人之間的傳言，每對某個人傳播，話題就會漸漸擴大開來。

［解析］
- 人のうわさ（人的傳聞）
- 誰かに伝えるたびに（每傳給某個人時，就會…）
- だんだんと話が大きくなります（話題就會漸漸擴大開來）

［難題原因］

⑲：
- 「要知道「AとBは、全然ちがいます」這樣的構句概念，才可能答對。
- 也要知道「他の人から見る（從別人眼中看見的）這個慣用表達，才能聯想到最後兩個空格可以填入「他の人」和「から」。

言語知識（文法）• 読解

㉑：
● 「動詞原形＋たびに」（每次做…時）這個慣用表達對 N5 程度來說，是較困難的用法。

㉔：
● 必須知道「生で」表示「自然的、直接的」，才能正確作答。
● 對 N5 程度來說，這屬於較高階的表達，可能很多人不知道這個用法。

㉕：
● 「つもり」除了「打算做…」，還有「自己認為是…實際上卻不是」的意思。
● 對 N5 程度來說，這屬於較高階的表達，可能很多人不知道這個用法。

3

㉒ 4
1 どこから：從哪裡開始
2 どこまで：到哪裡為止
3 どこなら：如果是哪裡的話
4 どこでも：不論是哪裡也…

㉓ 2
1 旅行とも：（無此用法）
2 旅行とかで：透過旅行啦（「とか」是表示舉例，「で」是表示方法）
3 旅行とは：所謂的旅行就是
4 旅行として：當作旅行

㉔ 1
1 生で味わいたい：想要自然的感受、想要直接感受
2 目で味わいたい：想用眼睛感受
3 地で味わいたい：（無此用法）
4 手で味わいたい：（無此用法）

㉕ 3
1 知っているおかげ：幸虧知道
2 知っているついで：（無此用法）
3 知っているつもり：自以為知道
4 知っているあいだ：（無此用法）

㉖ 3
1 聞いてなりました：（無此用法）
2 聞きたくなりました：變成想聽了
3 聞かなくなりました：變成不聽了
4 聞くようになりました：養成聽的習慣了

4 (1)

解析

● キーパー（守門員）
● あんなに大きなゴールで小さな球なのに点がなかなか入りません（在那麼大的球門下，球明明很小一個，卻很難得分）
● あんなに小さなゴールで大きな球なのにどんどん点が入るんです（那麼小的球門，球明明很大一顆，卻能不斷得分）

㉗ 4 **根據規則，得分的方法會完全改變。**

題目中譯 以下何者是這個發言者想說的事情？

(2)

解析

● カエルの子はカエル（有其父必有其子）
● おたまじゃくし（蝌蚪）
● 似ていなくても（即使不相像，也…）

- 凡人の子供はやはり凡人（平凡人的小孩還是平凡人）

28　4　**一點也不稀奇的普通生物。**
　　（題目中譯）此處所說的「青蛙」具備哪種含意？

(3)　（解析）

- 朝は曇っていますが、昼から晴れます（早上雖然是陰天，但是從中午開始放晴）
- 夜になると、雨が降るでしょう（到了晚上，可能會下雨吧）
- そのあとは（之後）

29　4
　　（題目中譯）下午三點左右是哪一種天氣？

（難題原因）

28：
- 題目在測驗考生「是否真的理解文章的含意」。除了要能掌握字面的意思，也要具備文章的理解力，才能體會作者想表達的要點，並能答對。
- 答題關鍵在於「凡人の子供はやはり凡人」這個部分。因為這段話是從「カエルの子はカエル」衍生出來的，所以此處的「青蛙」可以視為「凡人」，也就是平凡無奇的生物。

（解析）

- 黒くて苦いし、どちらかと言うと不健康なイメージではないでしょうか（又黑又苦，整體而言應該都是不健康的印象吧）

5

- コーヒーに含まれる「カフェイン」は一度に１０グラム取ると死ぬと言われています（據說咖啡所含的「咖啡因」只要一次攝取10公克就會死亡）
- しかし実際には死ぬほど飲むことはできないので、コーヒーの飲みすぎで死ぬことはありません（但因為實際上不可能喝到會死亡的程度，所以沒有因為過度飲用而死亡的情況發生）
- カフェインはてきどに取ればやる気が出たり眠くなくなったりします（只要適度攝取的話，就會充滿幹勁、變得不會想睡覺）
- 毒になるか薬になるかは、量や取り方にかかっています（會成為毒藥或是成為藥物，是和攝取量或攝取方法有關）
- 「毒にも薬にもならない」のは、なんの効果もありません（「不會成為毒藥、也不會成為藥物」，是一點用處也沒有的）

30　3　**咖啡也有其優點。**
　　（題目中譯）作者想說的事情是什麼？

31　4　**不要喝太多的話，對身體有益的部分是比較多的。**
　　（題目中譯）作者對咖啡有什麼看法？

（難題原因）

31：
- 屬於閱讀全文後，要有能力歸納、並正確掌握作者想表達的重點，才可能答對的考題。文章的閱讀力和理解力都要好。
- 文章中舉出咖啡的幾個好處，所以可以推斷作者認為「只要不要過量，咖啡對身體的好處還是多過壞處的」。

言語知識（文法）• 読解

6 解析

- そこで二人でマンションに住むこと
  になり引越して来ました（於是兩人
  變成要住公寓，搬家過來了）
- 大きめの段ボール箱と梱包に使った
  汚れた新聞紙を捨てたいです（想要
  丟掉大的紙箱和裝箱時用髒的報紙）
- 燃えるゴミ（可燃垃圾）
- 燃えないゴミ（不可燃垃圾）
- ティッシュペーパー（衛生紙）
- プラスチック（塑膠）

㉜ 3 **報紙用過就髒了，所以在每周的
星期一和星期四丟掉，紙箱可以
做資源回收，所以每周的星期五
丟掉。**

題目中譯 想丟掉搬家時使用的報
紙和紙箱。最正確的丟棄方式是什
麼？

難題原因

㉜：

- 答題關鍵在於「生ゴミや、使
  用済み～リサイクルできないも
  の」和「新聞紙（汚れていない
  もの）」這兩段話。
- 從上述文字可以得知「弄髒的報
  紙」屬於不能回收的垃圾，「沒
  有弄髒的報紙」才可以視為資源
  垃圾。所以「弄髒的報紙」要在
  每周的星期一和星期四丟棄。
- 紙箱可以資源回收，所以是每個
  星期五丟棄。

聴解

1

1 ばん—1

料理の先生が生徒に話しています。生徒は最後にどれを使いますか。

女 まずは、しょうがで味を付けます。そして、にんにくをいれます。そして、醤油で味を付けます。アメリカ風のは、トマトケチャップを入れますが、今回は入れません。

生徒は最後にどれを使いますか。

解析

- しょうがで味を付けます（用薑調味）
- にんにくをいれます（放入大蒜）
- 醤油で味を付けます（用醬油調味）
- アメリカ風（美式口味）
- トマトケチャップ（番茄醬）
- 今回は入れません（這次不加進去）

難題原因

- 要注意題目問的是學生最後要放入什麼，可能隨時因為某個因素而改變動作的步驟，聆聽時一定要一一記錄各個細節，才能有助於正確作答。
- 女性提出的做菜步驟是：用薑調味→加入大蒜→用醬油調味
- 女性的最後一句話提到「美式口味會加入番茄醬，但這次不加番茄醬」，所以最後一個步驟是用醬油調味。

2 ばん—3

先生が、レポートのかき方を説明しています。最後に何を使いますか。

女 コンパスで図をかいてください。図を切って、レポートにホッチキスでとめてください。はさみはまっすぐ切れませんから、使わないでください。図は、カッターで切ってください。

最後に何を使いますか。

解析

- レポートのかき方（報告的寫法）
- コンパス（圓規）
- 図を切って、レポートにホッチキスでとめてください（請把圖裁切下來，用釘書機釘在報告上）
- はさみはまっすぐ切れませんから、使わないでください（因為剪刀不能裁切的很工整，請不要使用剪刀）
- カッター（美工刀）

難題原因

- 要注意題目問的是最後要使用什麼工具，可能隨時因為某個因素而改變動作的步驟，聆聽時一定要一一記錄各個細節，才能有助於正確作答。
- 答題的關鍵線索是女性所說的「コンパスで〜でとめてください。」這個部分。
- 從上述內容可以推斷報告的做法依序是：用圓規畫圖→把圖裁切下來，用釘書機釘在報告上。所以最後要使用的工具是釘書機。
- 選項 2 的「美工刀」是陷阱，雖然最後提到圖用美工刀裁切會比較工整，但這不是最後一個步驟，千萬不要被誤導。

聴解

3 ばん─2

医者と女の人が話しています。女の人は、一日に何回薬を飲みますか。

男 こちらがお薬です。1週間分出しますから、きちんと飲んでくださいね。

女 この薬はいつ飲めばいいんですか。

男 ご飯を食べる前と後に飲んでください。

女 毎食ですか。

男 いいえ、昼と夜のご飯の前後です。

女 朝はいいんですか。

男 朝は必要ないです。

女の人は、一日に何回薬を飲みますか。

解析

- 一日に何回薬を飲みますか（一天要吃幾次藥？）
- きちんと飲んでください（請確實服用）
- いつ飲めばいいんですか（什麼時候服用比較好？）
- ご飯を食べる前と後に（在吃飯前和吃飯後）
- 毎食（每餐）
- 昼と夜のご飯の前後です（中午和晚上的飯前飯後）
- 朝はいいんですか（早上不用吃嗎？）
- 必要ないです（不需要）

4 ばん─2

レストランで男の人と女の人が話しています。二人はまず何を注文しますか。

男 何にしますか。

女 寿司を食べて、チキンを食べて、それからお茶を飲みましょう。

男 ビールを飲みながら、枝豆を食べましょう。それから寿司を食べましょうよ。

二人はまず何を注文しますか。

解析

- 何にしますか（要點什麼（餐點）？）
- 寿司を食べて、チキンを食べて、それからお茶を飲みましょう（先吃壽司，再吃雞肉，然後再喝茶吧）
- ビールを飲みながら、枝豆を食べましょう（一邊喝啤酒，一邊吃毛豆吧）
- それから寿司を食べましょうよ（然後再吃壽司）
- 兩人點餐的順序依序是啤酒、毛豆→壽司→雞肉→茶

5 ばん─4

女の社員が話しています。女の社員は、何をしているときに書類をなくしましたか。

女 さっき使った大事な書類がありません。引き出しから出して、コピーしました。そこで、なくしました。課長と話すとき、書類がありませんでした。探さなければなりません。

女の社員は、何をしているときに書類をなくしましたか。

解析

- さっき使った大事な書類がありません（剛剛用過的重要資料不見了）
- 引き出し（抽屜）
- コピーしました（影印了）
- なくしました（弄丟了）
- 探さなければなりません（必須尋找）
- 女性從抽屜拿出資料影印，和課長說話時手上沒有資料，所以是在影印時弄丟的。

6 ばん—2

男の人と女の人が話しています。二人は何で行きますか。

男　自転車かバスで行きましょうよ。

女　自転車よりは、バスのほうが速いです。でも電車はもっと速いです。

男　いや、電車は高いから、バスで行きましょう。

二人は何で行きますか。

解析
- 何で行きますか（要坐哪種交通工具去？）
- 自転車かバス（脚踏車或公車）
- 自転車よりは、バスのほうが速いです（比起脚踏車，公車速度比較快）
- 電車はもっと速いです（電車更快）
- 高いから（因為很貴）

7 ばん—4

デパートで、女の人と店員が話しています。

店員は、どのかばんを取りますか。

女　すみません。そのかばんをとってください。

男　この四角いのですか。丸いのですか。

女　丸いのです。

男　白と黒のがあるんですが、どっちを取りましょうか。

女　じゃ、とりあえず白のを見せてください。

男　わかりました。

店員は、どのかばんを取りますか。

解析
- そのかばんをとってください（請拿那個包包）
- 四角い（四方形）
- 丸い（圓的）
- どっちを取りましょうか（要拿哪一個？）
- とりあえず白のを見せてください（請先拿白色的給我看）

2

1 ばん—2

男の人と女の人が、写真を見ながら話しています。どの人が先生ですか。

男　このまえ、雪だるまを作りました。これ

聴解

はそのときの写真です。一番右に立っているのは、友紀ちゃんです。反対側のはしに立っている男の子は、ひろ君です。

女　ひろ君は背が低いですね。その右の背が高い男の人は、だれですか。

男　これは先生です。

女　先生は若いですね。

どの人が先生ですか。

(解析)
- 写真を見ながら話しています（一邊看照片，一邊談話）
- 雪だるまを作りました（堆雪人）
- 一番右に立っているのは（站在最右邊的人是…）
- 反対側のはしに立っている男の子は（站在反方向那一端的男孩是…）
- 背が低いですね（個子真矮啊）
- 背が高い（個子高的）

(難題原因)
- 不容易掌握答題的關鍵線索，要仔細聆聽各個細節並一一記錄下來，才不會被誤導。
- 答題的關鍵線索有兩點：
  (1) 一番右に立っているのは、友紀ちゃんです（站在最右邊的人是友紀）
  (2) 反対側のはしに立っている男の子は、ひろ君です（站在反方向那一端的男孩是小廣）
- 從上述內容可以推斷照片中最右邊的人是友紀，最左邊的人是小廣。
- 此外，當女性提出「在小廣右邊的高個子男性是誰」時，男性回答那是「老師」，所以老師是照片中從左邊數過來的第二個人。

2 ばん—3

男の人と女の人が話しています。女の人は、何をした後に、男の人と会いますか。

男　日曜は暇ですか。

女　日曜は、午前はピアノの練習、夜は社交ダンスのレッスンです。

男　土曜は空いていますか。

女　土曜はとても忙しいです。朝はヨガに行きます。それから、バレエのレッスンです。

男　じゃ、日曜の午後は暇ですね。

女　はい、その時間ならいいですよ。

女の人は、何をした後に、男の人と会いますか。

(解析)
- 暇（空閒）
- ピアノ（鋼琴）
- 社交ダンス（社交舞、國標舞）
- レッスン（課程）
- 空いていますか（有空嗎？）
- ヨガに行きます（要去做瑜珈）
- バレエ（芭蕾舞）
- その時間ならいいですよ（那個時間的話可以喔）

(難題原因)
- 不容易掌握答題的關鍵線索，要仔細聆聽各個細節並一一記錄下來，才不會被誤導。
- 答題的關鍵線索有兩點：

（1）男性提問的：日曜の午後は暇ですね（星期日下午有空對吧）

（2）女性回應的：その時間ならいいですよ（那個時間的話可以喔）

● 從上述內容可以推斷男性和女性見面的時間訂為星期日下午，女性的行程中，星期日早上要練習鋼琴，所以練習鋼琴後才會跟男性見面。

3 ばん―4

夫と妻が話しています。二人は何を買いますか。

女　今日は、唐辛子が安いですね。

男　でも、唐辛子は今いりません。にんにくがもうないですよね。

女　それより、バナナが買いたいです。

男　僕はバナナ食べませんから、いりません。

女　あ、柿も安いですね。

男　はい、買いましょう。僕も柿を食べます。

女　そうですね。

二人は何を買いますか。

解析

● 唐辛子（辣椒）

● 今いりません（現在不需要）

● にんにくがもうないですよね（大蒜已經用完了耶）

● それより、バナナが買いたいです（比起那個，我比較想

買香蕉）

● 僕はバナナ食べませんから、いりません（我不吃香蕉，所以不需要）

● 柿（柿子）

4 ばん―1

男の人と女の人が話しています。男の人は、自転車を置いて、何に乗りましたか。

男　自転車がなくなりました。

女　バスに乗る前に、バス停の近くに置きましたよね。

男　バスに乗って、空港に行って、飛行機に乗って、東京に行きましたよね。それから、東京から戻ってきました。そしたら自転車がありませんでした。

女　じゃ、警察に行ったほうがいいですよ。

男　はい。

男の人は、自転車を置いて、何に乗りましたか。

解析

● 自転車を置いて、何に乗りましたか（停放腳踏車後，搭乘了哪種交通工具？）

● …がなくなりました（…不見了）

● バス停（公車站）

● 東京から戻ってきました（從東京回來）

● そしたら（然後發現…）

● 警察に行ったほうがいいですよ（去報警比較好喔）

● 男性去東京的交通工具依序是：騎腳踏車到公車站→搭公

聴解

車到機場→搭飛機到東京。停放腳踏車後的交通工具是公車。

5 ばん―3

男の社員と女の社員が話しています。二人は何を食べますか。

女 またラーメンですか。体に悪いですよ。ご飯が食べたいです。

男 じゃ、チャーハンはどうですか。

女 ご飯だけじゃなくて、おかずもあるのがいいです。

男 じゃ、定食を食べに行きましょう。

女 そうですね。いろんなおかずがあるのがいいですね。

二人は何を食べますか。

解析
- 体に悪いですよ（對身體不好喔）
- …が食べたいです（想吃…）
- チャーハンはどうですか（吃炒飯怎麼樣？）
- ご飯だけじゃなくて、おかずもあるのがいいです（不是只有飯，還有配菜的比較好）
- 定食を食べに行きましょう（去吃定食吧）
- いろんなおかずがあるのがいいですね（有各式各樣配菜的比較好耶）

6 ばん―4

教室で、先生が生徒に話しています。生徒は何を持ってきますか。

男 明日はお弁当は持ってこなくてもいいです。でも、自分のお菓子は自分で買ってきてください。それから、みんな懐中電灯を持ってきてください。飲み物は、ありますから、持ってこないでください。

生徒は何を持ってきますか。

解析
- お弁当は持ってこなくてもいいです（可以不用帶便當來）
- 自分のお菓子は自分で買ってきてください（自己的點心請自己買來）
- 懐中電灯（手電筒）
- 飲み物は、ありますから、持ってこないでください（飲料已經有了，請不要帶過來）
- 學生要帶的東西是：自己要吃的點心、手電筒
- 學生不用帶的東西是：便當、飲料

3

1 ばん―2

意見を聞きたいです。何と言いますか。

1 思いますか。

2 どうですか？

3 見せてください。

解析

- 意見を聞きたいです（想詢問意見）
- どうですか？（覺得怎麼樣？）
- 見せてください（請讓我看）

解析

- 上の人は降りません（上面的人不跳下來）
- いらっしゃいませ（歡迎光臨）
- 大丈夫ですよ（沒問題的）

難題原因

- 要知道「大丈夫ですよ」（沒問題的）這種「要讓對方安心」的慣用説法才可能答對。
- 選項 1 的「いらっしゃいませ」（歡迎光臨）是店家招呼顧客的用語，完全不適用於這種場合。

2 ばん—1

この人は立ちません。心配します。何と言いますか。

1 大丈夫ですか。

2 気持ちいいですか。

3 面白いですか。

解析

- 立ちません（站不起來）
- 大丈夫ですか（你還好嗎？）
- 気持ちいいですか（覺得舒服嗎？）
- 面白いですか（有趣嗎？）

4 ばん—2

道に財布がありました。説明します。何と言いますか。

1 あそこにあります。

2 あそこにありました。

3 あそこでした。

解析

- 道に財布がありました（路上有錢包）
- あそこにありました（在那裡發現的）

難題原因

- 要向別人説明「在那裡發現的」，必須用「あそこ＋に＋ありました」這種「過去式」用法。
- 選項 3「あそこでした」是陷阱，這種情況下説「あそこでした」完全是語意不明的。

3 ばん—3

上の人は降りません。何と言いますか。

1 いらっしゃいませ。早く。

2 いいですよ。早く。

3 大丈夫ですよ。早く。

聴解

5 ばん—1

<ruby>女<rt>おんな</rt></ruby>の<ruby>人<rt>ひと</rt></ruby>は、<ruby>書類<rt>しょるい</rt></ruby>を<ruby>見<rt>み</rt></ruby>たいです。<ruby>何<rt>なん</rt></ruby>と<ruby>言<rt>い</rt></ruby>いますか。

1　この<ruby>書類<rt>しょるい</rt></ruby>、ちょっといいですか。
2　この<ruby>書類<rt>しょるい</rt></ruby>、ちょっとだめですか。
3　この<ruby>書類<rt>しょるい</rt></ruby>、どうも…

解析
● この書類、ちょっといいですか（可以借一下這份資料嗎？）
● 選項 2 的「ちょっとだめですか」是錯誤日文。
● どうも…（總覺得…）

4

1 ばん—1

女　ごめんください。
男　1　あ、いらっしゃい。
　　2　<ruby>気<rt>き</rt></ruby>にしないでください。
　　3　さようなら。

中譯
女　有人在家嗎？
男　1　啊，您來了啊。
　　2　請不要放在心上。
　　3　再見。

解析
● ごめんください（有人在嗎？）

2 ばん—2

男　これは、ほんの<ruby>気持<rt>きも</rt></ruby>ちです。
女　1　いい<ruby>気持<rt>きも</rt></ruby>ちですね。
　　2　ありがとうございます。
　　3　わかります。

中譯
男　這是一點小心意。
女　1　感覺真舒服啊。
　　2　謝謝。
　　3　我知道。

解析
● ほんの（一點點、微不足道的）

3 ばん—3

男　<ruby>音楽室<rt>おんがくしつ</rt></ruby>には<ruby>何<rt>なに</rt></ruby>がありますか。
女　1　<ruby>学校<rt>がっこう</rt></ruby>にあります。
　　2　3<ruby>階<rt>がい</rt></ruby>にあります。
　　3　ピアノがあります。

中譯
男　音樂教室裡有什麼？
女　1　在學校。
　　2　在三樓。
　　3　有鋼琴。

【解析】

● ピアノ（鋼琴）

4 ばん—3

女 体の調子はどうですか。

男 1 おかげさまで、まだまだです。

2 おかげさまで、よくないです。

3 おかげさまで、よくなりました。

【中譯】

女 身體的狀況怎麼樣？

男 1 托您的福，還沒好。

2 托您的福，狀況不好。

3 托您的福，已經好了。

【解析】

● 調子（狀況）

● おかげさまで（托您的福）

【難題原因】

● 要知道「おかげさまで」是表示「托您的福」的意思，後面通常接續「好的結果」。

5 ばん—2

女 この電車は、新宿へ行きますか。

男 1 ええ、新宿から乗ります。

2 いいえ、行きません。

3 いいえ、まだです。

【中譯】

女 這輛電車是開往新宿的嗎？

男 1 嗯，我要從新宿上車。

2 不是，沒有到（新宿）。

3 不，還沒到。

【解析】

● まだ（還沒、尚未）

6 ばん—2

男 会社はどちらですか。

女 1 日本です。

2 サニー電気です。

3 大阪の南のほうです。

【中譯】

男 你在哪一間公司上班？

女 1 日本。

2 在Sunny電氣。

3 在大阪的南方。

【解析】

● 南のほう（南方）

【難題原因】

● 對外國人來説，題目的意思較難理解。

● 題目的意思是「あなたは、どういう会社で働いていますか」（你在哪一間公司上班？）。

● 必須知道問句的「どちら」並不是詢問「方向、位置」，而是表示「哪個、哪裡」等意思。

言語知識（文字・語彙）

1

① 1 雑誌で台湾の特集をしています。
在雜誌上有台灣的特集。

② 2 財布が空っぽになりました。
錢包變空了。

③ 3 あの人は有名な作家です。
那個人是有名的作家。

④ 2 彼女は本気で告白しました。
她認真的告白了。

⑤ 2 ここには数回きたことがあります。
我來過這裡幾次。

⑥ 4 大阪に出張しました。
去大阪出差了。

⑦ 3 雑誌に広告を出します。
在雜誌上刊登廣告。

⑧ 4 チャーハンを大盛で頼みました。
點了大碗的炒飯。

⑨ 4 ひとつのパンを二人で分けます。
一個麵包分給兩個人。

⑩ 1 スポーツ選手は年を取ると引退します。
運動選手一上了年紀就會退休。

> **難題原因**
>
> ④⑧⑩：對 N5 程度來說，這三題都屬於較高階的字彙，可能很多人不知道如何發音。
>
> ● 4：「本気」：認真的。可能從日本人的對話中經常聽到「ほんき」，但未必知道漢字是「本気」。

● 8：「大盛」：大碗。是點餐時經常使用的字彙，書本未必經常出現，但日本人生活中經常使用。。

● 10：「引退します」：退休。是日本的影劇新聞或體育新聞中經常使用的字彙。

2

⑪ 3 仕事を片づけました。
處理了工作。

⑫ 4 エスカレーターに乗りました。
搭了手扶梯。

⑬ 2 知ってはいるが、一応聞いてみます。
知道是知道，姑且還是問問看。

⑭ 4 ゲームがスタートしました。
遊戲開始了。

⑮ 2 特技を生かして仕事します。
活用專長工作。

⑯ 4 大きいパックのを買った方が得です。
買大包的比較划算。

⑰ 2 暗いので電気をつけます。
因為很暗，所以打開電燈。

⑱ 3 英会話スクールに行っています。
有在上英文會話課程。

> **難題原因**
>
> ⑬：「一応」（いちおう：姑且）對 N5 程度來說，屬於較高階的字彙。

⑮：「生かす」（いかす：活用）
對 N5 程度來説，屬於較高階的字
彙。

⑯：「得」（とく：划算）對 N5
程度來説，屬於較高階的字彙。這
也是日本人生活中的常用單字。

3 和、踏

4 翻越

 # 3

⑲ 1 我的文章刊登在雜誌上了。
　1 …にのりました：刊登在…了
　2 來了
　3 去了
　4 放入了

⑳ 3 沒有時間了，所以請快一點。
　1 慌張
　2 著急
　3 趕快
　4 慢慢做

㉑ 4 在假日享受運動的樂趣。
　1 輕鬆的
　2 （無此字）
　3 快樂的
　4 …を楽しみます：享受…

㉒ 2 閉上眼睛，聽風的聲音。
　1 關閉
　2 閉上
　3 關掉
　4 停止、放棄

㉓ 3 發生了重大事件。
　1 完成了
　2 活下來
　3 發生了
　4 成為了

㉔ 4 翻山越嶺配寄送郵件。
　1 渡、過
　2 飛翔

㉕ 1 這座塔傾斜了。
　1 傾斜
　2 轉動
　3 停住
　4 坐下

㉖ 4 這把鑰匙附有吊牌。
　1 洞
　2 窗戶
　3 顏色
　4 吊牌

㉗ 1 用鍋子煮菜。
　1 煮
　2 蒸
　3 炸
　4 炒

㉘ 4 這個便條本附有釘子。
　1 名字
　2 價格
　3 贈品
　4 釘子

難題原因

⑲：
● 對 N5 程度來説，「のります」
（刊登）是屬於較高階的字彙。
●「某物（名詞）＋が＋某物（名
詞）＋に＋のります」是慣用説
法。例如「写真が新聞にのりま
す」（照片刊登在報紙上）。

㉒：
●「目をとじます」（閉上眼睛）
是慣用表達，必須知道這個用法
才可能答對。

言語知識（文字・語彙）

- 選項1「しめます」（閉めます：關閉、關上）是「關上門、窗等開著的東西」時所用的動詞，要注意不要混淆。

㉗：
- 對 N5 程度來說，「にます」（煮ます：煮）是屬於較高階的字彙。
- 其他選項也和料理步驟相關，這一類的字彙未必能透過課本一一學習，但都屬於非常生活化的常見字彙，建議最好自行整理熟記。

1　一看她就立刻知道她是日本人。
2　我想她是日本人。
3　她看起來不像日本人。
4　她長得很像日本人，但並不是日本人。

難題原因

㉛：對 N5 程度來說，「薬がききます」（藥會發生作用）是屬於較高階的表達用法。

㉝：對 N5 程度來說，「そっくり」（很相似）是屬於較高階的字彙。

4

㉙ 3 **我點了咖啡。**
1　我喝了咖啡。
2　我想喝咖啡。
3　我點了咖啡。
4　我煮了咖啡。

㉚ 3 **她溫柔地笑了。**
1　她微微地笑了。
2　她大聲地笑出來。
3　她笑得很溫和。
4　她嘲笑我。

㉛ 2 **藥發揮作用了。**
1　問店家有沒有好的藥。
2　藥產生效果了。
3　藥沒有產生效果。
4　吃過藥了。

㉜ 2 **某一天想去看看。**
1　我想現在立刻去。
2　不知道日期，但是想要去。
3　以前去過。
4　不久之後必須去。

㉝ 4 **她和日本人長得很像。**

言語知識（文法）読解

1

① **2** 跟日本人學日語。
1 日本人＋は＋日本語を習いました：日本人學了日語（文法接續正確，但句意奇怪）
2 日本人＋に＋日本語を習いました：跟日本人學了日語（「に」表示動作的對象）
3 日本人＋で＋日本語を習いました：（無此用法）
4 日本人＋へ＋日本語を習いました：（無此用法）

② **1** 我不知道他是澳洲人。
1 名詞＋だ＋とは＋知らなかったです：不知道…這樣的內容（「と」表示引用）
2 名詞＋だ＋では＋知らなかったです：（無此用法）
3 名詞＋だ＋なら＋知らなかったです：（無此用法）
4 名詞＋だ＋まで＋知らなかったです：（無此用法）

③ **3** 不知不覺中已經6點了。
1 動詞ない形＋うち＋が：還不會做…的時候
2 知らないうち＋と：（無此用法）
3 知らないうち＋に：在不知不覺中
4 動詞ない形＋うち＋は：還不會做…的時候

④ **3** 機械被水淋濕會故障。
1 名詞＋と＋ぬれると：和…一起淋濕就…
2 名詞＋が＋ぬれると：…一濕就…（前面接續「水」時，不符合邏輯）
3 名詞＋に＋ぬれると：被…弄濕就…
4 名詞＋で＋ぬれると：用…弄濕就…

⑤ **2** 他明明不清楚，卻又想說明。
1 よく知らないから：因為不清楚
2 よく知らないのに：明明不清楚，卻…
3 よく知らないので：因為不清楚
4 よく知らないのと：（無此用法）

⑥ **2** 她家必須在晚上11點之前回家。（她家的門禁是晚上11點。）
1 １１時まで：直到11點
2 １１時までに：在11點之前
3 １１時として：假設是11點
4 １１時ほどに：（無此用法）

⑦ **4** 結婚也可以說是愛的約定。
1 名詞＋など＋言えます：（無此用法）
2 名詞＋まで＋言えます：可以講到…
3 名詞＋から＋言えます：從…可以說是…
4 名詞＋とも＋言えます：也可以說是…

⑧ **3** 一到夏天，蟬就會鳴叫。
1 地點＋に＋来ると：一來到…
2 某人（名詞）＋に＋すると：對…來説
3 名詞＋に＋なると：一變成…
4 某人（名詞）＋に＋したら：對…來説

⑨ **2** 這道料理雖然貴，但是很好吃。
1 高いもおいしいです：（無此用法）
2 高いがおいしいです：雖然貴，但是好吃
3 高いはおいしいです：（無此用法）
4 高いでおいしいです：（無此用法）

言語知識（文法）• 読解

⑩ 4 這個月她已經遲到三次了。
　1 三回を遅刻しました：（無此用法）
　2 三回で＋動詞過去式：在第三次就…了
　3 三回が遅刻しました：（無此用法）
　4 三回も遅刻しました：遲到三次（「も」表示數量多、程度高的狀況）

⑪ 3 這個季節裡，從早上到中午都還很涼爽。
　1 朝から昼になって：從早上變成中午
　2 朝から昼にとって：（無此用法）
　3 朝から昼にかけて：從早上到中午
　4 朝から昼にさして：（無此用法）

⑫ 2 我大學畢業了。然後進了這家公司（工作）。
　1 これから：從現在起
　2 それから：然後
　3 あれから：從那個之後
　4 どれから：從哪一個開始

⑬ 2 因為太好吃了，不小心就吃太多了。
　1 すぐ：馬上
　2 つい：不小心、無意中
　3 まだ：仍然
　4 いま：現在

⑭ 2 她對戀愛沒興趣。
　1 名詞＋と＋無関心です：（無此用法）
　2 名詞＋に＋無関心です：對…不感興趣
　3 名詞＋で＋無関心です：因為…造成不感興趣

　4 名詞＋が＋無関心です：…是不感興趣的（「が」前面的主詞是人或動物）

⑮ 4 對他的邀約不感興趣。
　1 気に進まないです：（無此用法）
　2 気で進まないです：（無此用法）
　3 気を進まないです：（無此用法）
　4 気が進まないです：不起勁、不感興趣

⑯ 1 連這種地方也長雜草。
　1 こんなところ＋にも：連這種地方也…
　2 こんなところ＋には：在這種地方（文法接續正確，但不符合邏輯）
　3 こんなところ＋なら：如果是這種地方
　4 こんなところ＋とは：（無此用法）

難題原因

⑬：
● 必須知道「知らないうちに」（在不知不覺中）這個慣用表達才可能答對。
● 對 N5 程度來説，這屬於較高階的表達用法。

⑭：
● 必須知道「水にぬれる」（被水淋濕）這個慣用表達才可能答對。
● 要知道「ぬれる」前面接續不同的助詞，就會產生不同的意義。
● 選項 4 的「で」是表示「工具」的助詞。例如：「アルコールでぬれる」（要用酒精弄濕）。

- これはこれでおいしいです（這樣子
做有這樣子做的好吃）

⑤：
- 必須知道「…のに…」（明明…
卻…）這個慣用表達才可能答
對。
- 對 N5 程度來說，這屬於較高階
的表達用法。

⑪：
- 必須知道「時間點 A＋から＋時
間點 B＋に＋かけて」（從 A 到
B 這兩個時間點之間）這個慣用
表達才可能答對。
- 對 N5 程度來說，這屬於較高階
的表達用法。

⑲　2　今日　3　は　1　日曜日　4　なの
で　2　学校★　には行かないで
す。

因為今天是星期天，所以不去學
校。

解析
- 今日は日曜日なので（因為今天是星
期天）
- 学校には行かないです（不去學校）

2　⑰　4　人は　2　ウソを　1　つくとき　4
体は★　3　いつも　とちがう動き
をします。

人在說謊時，身體會做出和平常不
一樣的動作。

解析
- ウソをつくとき（說謊的時候）
- いつもとちがう動きをします（做出
和平常不一樣的動作）

⑳　3　うれしい　1　ことに　4　わたし
の　2　アイディアが★　3　そのま
ま　会社の製品になりました。

令人高興的是，我的點子原封不動
地變成了公司的產品。

解析
- うれしいことに（令人高興的是…）
- わたしのアイディア（我的點子）
- そのまま会社の製品になりました
（原封不動地變成公司的產品）

⑱　3　本場の　1　日本料理とは　2　ち
がうが　4　これは　3★　これで
おいしいです。

雖然和正宗的日本料理不一樣，但
這樣子做有這樣子做的好吃。

解析
- 本場の日本料理（正宗的日本料理）
- 名詞＋とはちがうが（雖然和…不一
樣，但是…）

㉑　1　マジックは　タネを　3　知って
も★　1　練習　2　しなければ　4
うまく　できません。

魔術這種東西即使知道機關，如果
不練習的話，還是做不好。

解析
- ネタを知っても（即使知道機關）
- 練習しなければ（不練習的話）
- うまくできません（無法做得很好）

言語知識（文法）• 読解

⑱：

- 「これはこれでおいしいです」（這樣子做有這樣子做的好吃）這個慣用表達對 N5 程度來説，是較困難的用法。

- 也要知道「名詞＋とはちがう（和…不一樣）這個慣用表達，才能聯想到前面兩個空格可以填入「日本料理とは」和「ちがうが」。

⑳：

- 「い形容詞原形＋ことに」（令人…的是）這個慣用表達對 N5 程度來説，是較困難的用法。

- 其他用法還有：

  「悲しいことに～」（令人悲傷的是…）

  「つらいことに～」（令人難受的是…）

3

⑫ 1　1　本当に：的確
　　　　2　本当は：其實（通常用於前面所説的是騙人，後面準備説出真正內容的情況）
　　　　3　本当で：是真實的而且…
　　　　4　本当なら：如果是真的

㉓ 2　1　それにきけば：（無此用法）
　　　　2　それによれば：根據這種説法的話
　　　　3　それにすれば：對那個東西來説
　　　　4　それにみれば：（無此用法）

㉔ 3　1　まとまって：歸納
　　　　2　かたまって：凝固
　　　　3　ぶつかって：撞到
　　　　4　なくなって：消失

㉕ 4　1　知るいました：（無此用法）
　　　　2　知っていました：知道了
　　　　3　知らせていました：當時已經通知好了
　　　　4　知られていました：當時已廣為人知了

㉖ 1　1　ありそうです：好像有的樣子
　　　　2　あるそうです：聽説有
　　　　3　なさそうです：好像沒有的樣子
　　　　4　ないそうです：聽説沒有

㉒：

- 必須知道「本当に」表示「的確」，才能正確作答。

- 對 N5 程度來説，這屬於較高階的表達用法。

㉔：

- 必須知道 4 個選項的各別含意，才能正確作答。

- 根據前後文判斷，只有選項 3 符合句意。

㉖：

- 必須知道「ありそうです」表示「好像有的樣子」，才能正確作答。

- 對 N5 程度來説，這屬於較高階的表達用法。

- 相似的説法是「あるだろうと思います」（我想應該有吧）。

4

(1)　解析

- わたしは、きらいだったものが好きになることはあっても、逆はありません（我雖然有討厭的東西變成喜歡的東西的經驗，但是卻沒有反過來的經驗）

- 決してないのです（絕對沒有）

5

- ちゃんと理由があります（有確實的理由）

㉗ 2 **人活得越久，喜歡的事物就會變多。**

（題目中譯）以下何者與作者所説的事情是一樣的？

(2)

解析
- 「こい」と「うすい」は、昔は色とか味にしか使いませんでした（「深（濃）」和「淺（淡）」以前只使用在顏色或味道上）
- 「こい顔」とは目口鼻がハッキリして、印象のつよい顔のことです（「深邃的臉孔」是指眼睛、嘴巴、鼻子很分明，讓人印象深刻的臉孔）

㉘ 4 **眼睛大，鼻子高挺的臉孔。**

（題目中譯）以下何者符合「深邃的臉孔」？

(3)

解析
- ベッド（床）
- たたみの上に、ふとんを敷きます（在榻榻米上面鋪床）

㉙ 4

（題目中譯）這個人在什麼樣的地方睡覺？

難題原因

㉙：
- 屬於閱讀全文後，要有能力歸納文章重點，才可能答對的考題。
- 答題關鍵在於「たたみの上に、ふとんを敷きます」（在榻榻米上面鋪床）這個部分。搭配圖片來看的話，正確答案是選項4。

解析
- 気に入らない（不喜歡）
- 文句を言いませんが、その店にはもう二度と来ません（雖然不抱怨，但是再也不來那家店）
- 店がよかったらほかのお客を連れて戻ってきます（如果店家很好的話，會帶其他客人再回來光顧）
- 「店のことは店のほうしん」として何も言わないかわりに、客は行動でせいせきをつけるのです。（客人把「店家的一切視為店家的方針」，什麼都不説，而是用行動來打成績）
- だから店も「客が文句を言わなかったらだいじょうぶ」などとは思いません（所以店家也不會有「客人沒有抱怨就是沒問題」這種想法）

㉚ 4 **因為不想對店家的作法發表意見。**

（題目中譯）日本人為什麼會①默默地離開店家？

㉛ 1 **因為即使客人減少，也不知道原因是什麼。**

（題目中譯）為什麼②即使沒有抱怨，也要站在客人的立場去思考、並改善服務品質變得很重要？

難題原因

㉚：
- 屬於閱讀全文後，要有能力歸納、並正確掌握作者想表達的重點，才可能答對的考題。文章的閱讀力和理解力都要好。
- 答題關鍵在於「店のことは店のほうしん～せいせきをつけるのです。」這個部分。

言語知識（文法）• 読解

- ●從這個部分可以得知客人把「店家的一切視為店家的方針」，什麼都不説，而是用行動來打成績。所以不會「説出」意見去干涉店家。

㉛：

- ●題目在測驗考生「是否真的理解文章的含意」。除了要能掌握字面的意思，也要具備文章的理解力，才能體會作者想表達的要點，並能答對。
- ●可以利用刪去法刪除錯誤選項來作答。文章中並沒有提到選項2、3、4，所以正解是選項1。
- ●也可以從文章含意來判斷答案。因為客人即使有抱怨也不會説出來，只會不再光臨。因此店家不會知道客人減少的原因，唯有站在客人的立場持續思考如何改善服務品質，才能吸引客人一再上門。

6

解析

- ●強風、雷などの天候不良の場合（強風、打雷等天候不佳時）
- ●安全の為当保育園のホームページをごらんください（為了安全考量，請觀看本托兒所的網站（説明））
- ●10時までに天候が回復すれば通常通り7月28日（土曜日）運動会をやります（天氣如果在十點之前變好的話，會照常在七月28日（星期六）舉辦運動會）

㉜　1　8月4日（星期六）兔子森林托兒所的體育館 從九點開始

題目中譯 如果七月28日是颱風天，隔天下雨的話，將在哪裡舉辦運動會？

聴解

1

1 ばん—1

医者が話しています。何をしてはいけませんか。

女 風邪ですね。熱がありますね。今日は仕事はしないでください。薬を飲んで、うちで寝てください。今年の風邪は、おなかが痛くなります。我慢しないで、すぐにトイレに行ってください。

何をしてはいけませんか。

解析
- 何をしてはいけませんか（不可以做什麼？）
- 風邪（感冒）
- 熱があります（發燒）
- 仕事はしないでください（請不要工作）
- おなかが痛くなります（會引起肚子痛）
- 我慢しないで、すぐにトイレに行ってください（請不要忍耐，要馬上去上廁所）

2 ばん—3

テレビで男の人が話しています。最初に何をしますか。

男 まずは、お湯を沸かしてください。それから、牛肉と玉ねぎを入れます。それから、よく煮てください。１０分煮たら、出来上がりです。

最初に何をしますか。

解析
- お湯を沸かしてください（請把水燒開）
- よく煮てください（請煮熟）
- １０分煮たら、出来上がりです（煮十分鐘後，就完成了）
- 料理的順序依序是：把水燒開→放入牛肉和洋蔥→煮十分鐘

3 ばん—2

先生と生徒が話しています。生徒は今日うちでどこを勉強しますか。

男 今週教えなかったところは、うちで自分で勉強してください。

女 どこですか。

男 今日は３０ページまでやりましたね。昨日は４０から４５ページでしたね。

女 いいえ違いますよ。４４ページまででしたよ。

男 あ、そうでしたね。４５ページよりも前の、授業でやらなかったところを読めばいいんですよ。

女 ４５ページもですか。

聴解

男　そうです。

女　けっこうありますねえ。

男　でも、内容は簡単ですから。

生徒は今日うちでどこを勉強しますか。

解析

- 教えなかったところ（沒有教的部分）
- うちで自分で勉強してください（請自己在家裡念）
- 今日は３０ページまでやりましたね（今天上到 30 頁為止）
- 昨日は４０から４５ページでした（昨天是從 40 到 45 頁）
- ４５ページよりも前の、授業でやらなかったところを読めばいいんですよ（念 45 頁之前的課堂上沒教的部分）
- けっこうありますねえ（（內容）相當多耶）

難題原因

- 答題的關鍵線索分散在整篇文章中，要仔細聆聽各個細節並一一記錄下來。
- 老師一開始提到學生要在家裡自己念的部分是這星期沒教過的地方，並指出今天教到 30 頁為止，昨天是 40 到 45 頁。
- 但是學生提到昨天只教到 44 頁。
- 所以學生要在家裡念的部分是 31 頁到 39 頁、以及 45 頁。

さい。部長と、その書類について話し合いをしてください。午後から、お客さんがきます。それから、その書類は、お客さんにあげてください。

まず何をしなければなりませんか。

解析

- 書類を出して、コピーしてください（請將資料拿出來，再去影印）
- 部長のところに行ってください（請去部長那邊）
- 部長と、その書類について話し合いをしてください（請和部長討論關於那份資料的內容）
- その書類は、お客さんにあげてください（請把那份資料給客戶）

難題原因

- 要注意題目問的是一開始必須做什麼，可能隨時因為某個因素而改變動作的步驟，聆聽時一定要一一記錄各個細節，才能有助於正確作答。
- 答題的關鍵線索在一開始就提到的「書類を出して、コピーしてください」（請將資料拿出來，再去影印）這句話。
- 男性指示的動作依序是：把資料拿出來→影印資料→帶影印內容去找部長→和部長討論資料→下午客戶來訪時把資料交給客戶

---

4 ばん—3

男の社員が話しています。まず何をしなければなりませんか。

男　書類を出して、コピーしてください。それを持って、部長のところに行ってくだ

---

5 ばん—2

医者が話しています。どんな運動が一番いいですか。

男　運動はしてもいいです。しかし、激しい運動はしないでください。バスケットボ

ールや、ボクシングは、激しい運動です。自転車に乗ってください。とてもいい運動です。テニスはしてもいいです。しかし、自転車のほうがいいです。

どんな運動が一番いいですか。

解析
- どんな運動が一番いいですか（哪一種運動最好？）
- 激しい運動はしないでください（請不要做激烈運動）
- バスケットボール（籃球）
- ボクシング（拳撃）
- テニスはしてもいいです（可以打網球）
- 自転車のほうがいいです（騎腳踏車比較好）

6 ばん―4

女の人が話しています。女の人は、まず何をしましたか。

女　今日は疲れました。ヨガをして、ストレッチもしました。ヨガをする前に、ウォーキングマシンで、２０分ぐらい歩きましたよ。早く帰って寝たいです。

女の人は、まず何をしましたか。

解析
- ヨガをして、ストレッチもしました（做了瑜珈，也做了伸展操）
- …する前に（做…之前）
- ウォーキングマシン（走路機）
- 早く帰って寝たいです（想要趕快回家睡覺）

- 女性今天依序做的運動是：在走路機走了二十分鐘，做瑜珈→做伸展操

7 ばん―3

店長と店員が話しています。店員は、棚に何を入れますか。

男　ここの棚に、米を入れておいてくださいね。

女　はい。

男　それが終わったら、ここにカップラーメンを入れてください。

女　もう入れましたよ。

男　さすがですねえ。早いです。それから、ここに乾電池も入れてください。

女　それは品切れですから、商品が届いてからですよ。

男　あ、そうでしたね。そうそう、ポテトチップスも入れておいてください。

女　わかりました。

店員は、棚に何を入れますか。

解析
- 米を入れておいてください（請將米放上去）
- それが終わったら（做完那個之後）
- カップラーメン（杯麺）
- もう入れました（已經放好了）
- さすがですねえ。早いです（真不愧是你啊！動作真快）

聴解

- 乾電池（乾電池）
- 品切れ（賣完了、缺貨）
- 商品が届いてからです（收到商品之後再做）
- ポテトチップス（洋芋片）
- 店長希望店員放在架上的東西有：
  米、杯麵、乾電池、洋芋片
- 店員針對店長要求提出以下回應：
  杯麵已經放了，乾電池賣完了，收到商品之後再放。
- 所以店員要放到架上的東西只剩米和洋芋片。

2

1 ばん—3

男の人と女の人が、写真を見ながら話しています。どの人が近藤さんですか。

男 どの人が山本さんですか。山本さんは、お酒が好きですよね。

女 あの一番左でお酒を飲んでいる人ですよ。いつもお酒ばかり飲んでいます。

男 じゃ、山本さんの右にいるのは、田中さんですか。山本さんと仲がいいですよね。

女 そうです。写真の一番右で一人で食べているのが、石田さんです。石田さんは、一人が好きです。

男 石田さんの左にいるのは、近藤さんです

ね。

女 そうです。

どの人が近藤さんですか。

解析

- お酒が好きですよね（很喜歡喝酒耶）
- 一番左（最左邊）
- お酒を飲んでいる人（正在喝酒的人）
- いつもお酒ばかり飲んでいます（老是喝酒）
- 山本さんと仲がいいですよね（和山本先生感情很好耶）
- 写真の一番右で一人で食べているのが、石田さんです（在照片最右邊一個人吃著東西的是石田先生）
- 一人が好きです（喜歡獨處）
- 石田さんの左にいるのは（在石田先生左邊的是…）

難題原因

- 不容易掌握答題的關鍵線索，要仔細聆聽各個細節並一一記錄下來，才不會被誤導。
- 答題的關鍵線索有兩點：
  (1) 女性提出的：写真の一番右で一人で食べているのが、石田さんです（在照片最右邊一個人吃著東西的是石田先生）
  (2) 男性提問的：石田さんの左にいるのは、近藤さんですね（在石田先生左邊的是近藤先生對吧）
- 由於男性提出「在石田先生左邊的是近藤先生對吧」這句話之後，女性的回應是肯定的，所以近藤先生是照片中從右邊數過來的第二個人。

2 ばん—1

男の人と女の人が話しています。女の人は、秋はいつも何を食べていますか。

女 秋は、いつもこれを食べています。キウイ

フルーツ。夏はスイカですけどね。

男 毎日食べますか。

女 そうですよ。種もそのまま食べられますから、とても食べやすいです。

男 皮も食べますか。

女 いいえ、皮には毛があるから、食べられません。スプーンで中の身を食べます。

女の人は、秋はいつも何を食べていますか。

解析
- 秋は、いつもこれを食べています（秋天我總是吃這個東西）
- キウイフルーツ（奇異果）
- 夏はスイカですけどね（不過夏天是吃西瓜）
- 種もそのまま食べられますから、とても食べやすいです（因為種籽可以直接吃下去，非常容易入口）
- 皮も食べますか（皮也會吃嗎？）
- 皮には毛があるから、食べられません（因為皮上面有毛，所以不能吃）
- スプーンで中の身を食べます（會用湯匙吃裡面的果肉）

3 ばん―1

男の人と女の人が話しています。男の人は、次の土曜日は何をしますか。

女 土日は、何をしてるんですか。

男 普通はサイクリングに行ったり、ボウリングをしたりしていますよ。

女 じゃ、次の土曜日は何をするんですか。

男 今週は疲れたから、運動はやめて、うちで映画を見ようと思っています。

女 たまには、それもいいかもしれませんね。

男の人は、次の土曜日は何をしますか。

解析
- 土日は、何をしてるんですか（你周末都做什麼呢？）
- 普通はサイクリングに行ったり、ボウリングをしたりしていますよ（通常是去騎腳踏車、或是打保齡球喔）
- 今週は疲れたから、運動はやめて、うちで映画を見ようと思っています（因為這星期很累，要取消運動，我打算在家裡看電影）
- たまには、それもいいかもしれませんね（偶爾這樣做或許也是不錯的）
- えいがかんしょう（看電影）
- ランニング（跑步）

4 ばん―4

男の学生と女の学生が話しています。二人は、どんなところに行きますか。

男 夏休みは、どこに行くのがいいと思いますか。

女 エジプトかフランスかイタリアに行きたいです。

男 暑いところは行きたくないです。それにヨーロッパって飛行機代高いですから。

女 じゃ、アフリカのケニアは？動物を見に行きましょう。雨も降るから、そんなに

聴解

暑くはないですよ。

男　じゃ、そこにしましょう。

二人は、どんなところに行きますか。

解析
- どこに行くのがいいと思いますか（覺得去哪裡比較好？）
- エジプトかフランスかイタリアに行きたいです（我想去埃及、法國、或是義大利）
- 暑いところは行きたくないです（我不想去炎熱的地方）
- それにヨーロッパって飛行機代高いですから（而且因為歐洲那種地方的機票很貴）
- アフリカ（非洲）
- ケニア（肯亞）
- 動物を見に行きましょう（去看動物吧）
- 雨も降るから、そんなに暑くはないですよ（因為那邊也會下雨，不會那麼熱喔）

5 ばん―3

男の学生と女の学生が話しています。明日の午後は、どんな天気ですか。

男　天気予報見ましたか。

女　見ましたよ。

男　明日の天気はどうですか。

女　朝は晴れますが、昼から雨が降ります。

男　夜はどうですか。

女　夕方からは、雨がやんで晴れます。でも風が強いです。

明日の午後は、どんな天気ですか。

解析
- 天気予報（天氣預報）
- どうですか（如何？）
- 朝は晴れますが、昼から雨が降ります（早上是晴天，但是中午開始會下雨）
- 夕方からは、雨がやんで晴れます（傍晚開始會停止下雨，然後會放晴）

6 ばん―3

教室で、先生が生徒に話しています。生徒はうちでどこをやりますか。

女　昨日の宿題は、２９ページでしたよね。今日はその後ろのところが宿題です。でも、３４ページからは難しいので、そこまでです。３４ページはやらなくてもいいです。あ、それから、もともと宿題でした５４ページは、やらなくていいです。

生徒はうちでどこをやりますか。

解析
- その後ろのところが宿題です（那裡之後的部分是作業）
- ３４ページからは難しいので、そこまでです（34 頁開始很難，所以到那邊為止）
- ３４ページはやらなくてもいい（34 頁可以不用寫）
- もともと宿題でした５４ページは、やらなくていいです（原本説是作業的 54 頁可以不用寫）

難題原因
- 答題的關鍵線索分散在整篇文章中，要仔細聆聽各個細節並一一記錄下來。

- 老師一開始提到今天的作業是昨天做過的 29 頁之後的部分，也就是從 30 頁開始。
- 後來又提到 34 頁開始是困難的，所以只要做到 33 頁為止，34 頁可以不用做。
- 另外要注意最後提到的 54 頁是陷阱，這個部分原本說是作業，但改成不用寫了。

3

1 ばん—3

<ruby>相手<rt>あいて</rt></ruby>はあまり<ruby>飲<rt>の</rt></ruby>みません。<ruby>何<rt>なん</rt></ruby>と<ruby>言<rt>い</rt></ruby>いますか。

1 もっと<ruby>飲<rt>の</rt></ruby>んだら<ruby>大丈夫<rt>だいじょうぶ</rt></ruby>です。

2 もっと<ruby>飲<rt>の</rt></ruby>んで<ruby>お願<rt>ねが</rt></ruby>いします。

3 <ruby>お酒<rt>さけ</rt></ruby>はだめですか。

解析

- あまり飲みません（不太喝（酒））
- お酒はだめですか（你不能喝酒嗎？）

難題原因

- 選項 1 和選項 2 都是很奇怪的日文。
- 看到對方不太喝酒，體貼地想要表示關心時，選項 3「お酒はだめですか」（你不能喝酒嗎？）是最適當的的說法。

2 ばん—1

<ruby>書類<rt>しょるい</rt></ruby>を<ruby>作<rt>つく</rt></ruby>りました。<ruby>上司<rt>じょうし</rt></ruby>に<ruby>見<rt>み</rt></ruby>せます。<ruby>何<rt>なん</rt></ruby>と<ruby>言<rt>い</rt></ruby>いますか。

1 <ruby>見<rt>み</rt></ruby>てもらえませんか。

2 <ruby>見<rt>み</rt></ruby>ましょう。

3 <ruby>見<rt>み</rt></ruby>たほうがいいですよ。

解析

- 上司に見せます（要給上司看）
- 見てもらえませんか（可以請你幫我看一下嗎？）
- 見たほうがいいですよ（看一下比較好喔）

3 ばん—3

<ruby>初<rt>はじ</rt></ruby>めて<ruby>会<rt>あ</rt></ruby>いました。<ruby>何<rt>なん</rt></ruby>と<ruby>言<rt>い</rt></ruby>いますか。

1 また<ruby>今度<rt>こんど</rt></ruby>です。

2 よろしく<ruby>失礼<rt>しつれい</rt></ruby>します。

3 よろしく<ruby>お願<rt>ねが</rt></ruby>いします。

解析

- 初めて（第一次）
- また今度です（下次吧）
- 選項 2 的「よろしく失礼します」是錯誤日文。
- よろしくお願いします（請多多指教）

4 ばん—3

<ruby>女<rt>おんな</rt></ruby>の<ruby>人<rt>ひと</rt></ruby>は、わからないことがあります。<ruby>何<rt>なん</rt></ruby>と

聴解

言いますか。

1 言ってください。

2 聞いてください。

3 ちょっと教えてください。

（解析）

● わからないことがあります（有不懂的地方）

● ちょっと教えてください（請教我一下）

┌─ 難題原因 ─────────────┐
│ ● 有問題想請教對方時，必須用選項 3「ちょっと教え │
│   てください」（請教我一下、請告訴我一下）這個慣 │
│   用說法。 │
│ ● 選項 2 的「聞いてください」（請聽我說）是「要求 │
│   對方聽自己說…」的說法，不適用於這種場合。 │
└───────────────────────┘

5 ばん—3

自分が先に歌いたいです。何と言いますか。

1 私が先に歌ったらいいですよ。

2 私が先に歌うことができますよ。

3 私が先に歌ってもいいですか。

（解析）

● 自分が先に歌いたいです（自己想要先唱）

● 私が先に歌ったらいいですよ（如果我先唱就沒問題了）

● 私が先に歌うことができますよ（我可以先唱喔）

● 私が先に歌ってもいいですか（我可以先唱嗎？）

4

1 ばん—1

女 コーヒーはいかがですか。

男 1 いいえ、けっこうです。

2 どういたしまして。

3 ごめんなさい。

（中譯）

女 喝杯咖啡如何？

男 1 不，不用了。

2 不客氣。

3 對不起。

（解析）

● 「名詞（飲料或食物）＋いかがですか。」是「勸誘或推薦對方吃…、喝…」的說法。

● けっこうです（不用了；謝絕對方推薦物品時的說法）

2 ばん—3

男 しばらくですね。

女 1 待ちますよ。

2 いいですね。

3 ええ、お元気ですか。

（中譯）

男 好久不見了。

女 1 我會等你喔。

2 很好啊。

3　嗯，您好嗎？

3 ばん―3

女　アメリカまで、船便でいくらですか。

男　1　５００グラムです。

　　2　１週間です。

　　3　１２００円です。

中譯

女　用船運寄到美國要多少錢？

男　1　500公克。

　　2　一個星期。

　　3　1200日圓。

解析

● 船便（船運、海運）

● グラム（公克）

4 ばん―2

男　そこに車を止めないでください。

女　1　知りました。

　　2　すみません。

　　3　いいですよ。

中譯

男　請不要把車停在那邊。

女　1　得知了。

　　2　對不起。

　　3　好啊。

5 ばん―3

女　それは何の雑誌ですか。

男　1　日本の雑誌です。

　　2　山田さんの雑誌です。

　　3　自動車の雑誌です。

中譯

女　那是什麼樣的雜誌？

男　1　是日本的雜誌。

　　2　是山田小姐的雜誌。

　　3　是汽車雜誌。

難題原因

● 對外國人來說，題目的意思較難理解。

● 題目的意思是「それは何について書いてある雑誌ですか」（那是報導關於哪一方面的雜誌？）。

● 如果問句是「それはだれの雑誌ですか」（那是誰的雜誌？），才會用選項 2 做回應。

6 ばん―3

男　ここは何ですか。

女　1　ここはかばんです。

　　2　ここは５階です。

　　3　ここは食堂です。

中譯

男　這裡是什麼地方？

女　1　這裡是皮包。

　　2　這裡是五樓。

　　3　這裡是餐廳。

聴解

難題原因

- 對外國人來說，題目的意思較難理解。
- 題目的意思是「ここは何の場所ですか」（這裡是什麼地方？）。
- 必須知道「ここ」（這裡）搭配「何ですか」（是什麼）所形成的含意，才能做出正確回應。

言語知識（文字・語彙）

1

① 4 算数の問題が解けました。
解開算術問題了。

② 2 好きな科目は体育です。
我喜歡的科目是體育。

③ 3 大事なものを金庫に入れておきます。
把重要的東西放進保險箱。

④ 3 部屋では帽子を脱ぎます。
在房間裡脫掉帽子。

⑤ 2 最近仕事が苦しいです。
最近工作很辛苦。

⑥ 1 このお金で当分は困りません。
因為有這筆錢，所以可以暫時不用煩惱。

⑦ 2 結婚式の司会をしました。
擔任婚禮的主持人。

⑧ 2 夏休みには、朝学校でラジオ体操をします。
暑假期間，早上在學校做收音機體操。

⑨ 3 いまさら過去には戻れません。
事到如今，已經無法回到過去了。

⑩ 1 木の上に柿の実がなっています。
樹上結了柿子。

> **難題原因**
>
> ③⑥⑦：對 N5 程度來說，這三題都屬於較高階的字彙，可能很多人不知道如何發音。
> ●3：「金庫」：保險箱。屬於日本人生活中的常用字彙。
> ●6：「当分」：暫時。屬於日本人生活中的常用字彙。

> ●7：「司会」：主持人、司儀。是日本的電視節目中經常使用、聽聞的字彙。

2

⑪ 3 動物のイラストが可愛いです。
動物的插圖很可愛。

⑫ 1 特に、これが好きです。
特別喜歡這個。

⑬ 4 トランプで遊びましょう。
用撲克牌玩吧。

⑭ 3 ケータイからメールします。
從手機傳送簡訊。

⑮ 2 病気なので、今日は体育を見学します。
因為生病，所以今天的體育課要在一旁觀看。

⑯ 2 バイオリンを弾きます。
拉小提琴。

⑰ 3 この作品には自信があります。
對這個作品有信心。

⑱ 3 電話を切りました。
掛斷了電話。

> **難題原因**
>
> ⑯：
> ●選項 1、2（引きます、弾きます）的發音都是「ひきます」，不能光從字彙發音作答，還必須掌握前後文語意才能選對答案。
> ●此題的「弾きます」是「彈奏」的意思。

言語知識（文字・語彙）

⑱：
- 「電話を切ります」（掛斷電話），過去式是「電話を切りました」。
- 「電話が来ます」（有電話來），過去式是「電話が来ました」。

3

⑲ 3 奶奶對小孩很寬鬆。
1 苦的
2 辣的
3 …に甘いです：對…是寬鬆的
4 酸的

⑳ 1 我想好好地談談，所以下次請抽出時間。
1 時間を取って：抽出時間
2 拿著
3 有…
4 吃

㉑ 4 打開飯盒來吃。
1 丟下去
2 復原
3 開發、發展
4 打開、攤開

㉒ 2 做這個工作需要專業技術。
1 有…
2 需要
3 出來
4 來到

㉓ 1 用英文寫情書。
1 使用
2 搖動
3 拿出來
4 寫

㉔ 3 不知道路，所以向那個人問問

看吧。
1 說
2 商量
3 詢問
4 靠近

㉕ 3 用釘書機釘住資料。
1 圓規
2 迴紋針
3 釘書機
4 彈簧

㉖ 4 正在爬樓梯。
1 下降
2 越過
3 走路
4 爬、攀登

㉗ 3 小孩把皮包送來。
1 拿到
2 給予
3 送到、送來
4 存放、寄放

㉘ 4 敲打電腦的鍵盤。
1 看
2 押
3 安裝
4 敲打

難題原因

⑲：
- 4 個選項都是跟味覺相關的字彙，也是 N5 程度的必備字彙。
- 「…に甘いです」（對…是寬鬆的）是慣用說法，也是「甘い」的延伸用法。

⑳：對 N5 程度來說，「時間を取ります」（抽出時間）是屬於較高階的表達，必須知道這個說法才可能答對。

㉑：
- 對 N5 程度來說，「ひろげます」（打開、攤開）是屬於較高階的字彙。
- 「ひろげます」是指「打開包起來、或折起來的東西」。
- 「某物（名詞）＋を＋ひろげます」是慣用説法。例如「新聞をひろげます」（打開報紙）。

難題原因

㉙：
- 必須知道「困った人」的正確意思和用法才能作答。
- 「困った人」是指「讓人感到困擾的人」，並不是「正在困擾的人」。

㉚：
- 必須知道「傳聞」和「樣態」的差異，才能正確作答。
- 傳聞（聽説…）：動詞常體＋そうです
- 樣態（好像會…的樣子）：動詞ます形＋そうです

4　㉙　3　**他是個讓人傷腦筋的人。**
1　他正在傷腦筋。
2　他很忙碌。
3　他老是製造問題。
4　他是不太説話的人。

㉚　2　**聽説下午開始就會下雨。**
1　我想下午開始就會下雨。
2　聽別人説下午開始就會下雨。
3　下午開始也許會下雨。
4　我認為下午開始不會下雨。

㉛　4　**她很文靜。**
1　她很囉嗦。
2　她很愛説話。
3　她很愛動。
4　她很安靜。

㉜　3　**太辣了，沒辦法吃。**
1　因為不辣，所以不想吃。
2　辣的東西還是不要吃比較好。
3　因為很辣，所以沒辦法吃。
4　要吃的話，吃不辣的比較好。

㉝　2　**我才剛來到日本。**
1　我來日本很長的時間了。
2　我來日本的日子很短。
3　我以前並不想來日本。
4　我以前想來日本。

言語知識（文法）• 読解

1

① 4 **她不把別人的親切當作一回事。**
1 なんにも思っていません：沒有在想什麼
2 なんには思っていません：（無此用法）
3 なんとか思っていません：（無此用法）
4 なんとも思っていません：覺得沒有什麼

② 2 **以父母親的立場罵小孩。**
1 名詞＋までも：連…都
2 名詞＋として：以…的立場
3 名詞＋にして：當作…再做…
4 名詞＋からは：從…開始是

③ 2 **迷你裙很適合雙腿修長的妳。**
1 名詞＋とは＋ピッタリです：（無此用法）
2 名詞＋には＋ピッタリです：對…是適合的
3 名詞＋では＋ピッタリです：（無此用法）
4 名詞＋へは＋ピッタリです：（無此用法）

④ 1 **請安靜。**
1 静か＋に＋してください：請安靜
2 静か＋で＋動詞：（無此用法）
3 静か＋が＋動詞：（無此用法）
4 静か＋と＋動詞：（無此用法）

⑤ 3 **請多多保重。**
1 元気＋に＋いてください：（無此用法）
2 元気＋が＋いてください：（無此用法）
3 元気＋で＋いてください：請維持健康、請保重
4 元気＋は＋いてください：（無此用法）

⑥ 2 **用玩具玩耍。**
1 某人（名詞）＋が＋遊びます：…在玩耍
2 名詞＋で＋遊びます：用…玩耍
3 某人（名詞）＋は＋遊びます：…在玩耍
4 某人、動物（名詞）＋と＋遊びます：和…玩耍

⑦ 1 **櫃檯開放到晚上七點。**
1 7時まで：直到七點
2 7時では：（無此用法）
3 7時とか：七點啦（表示舉例的用法）
4 7時など：七點之類的

⑧ 4 **這個價格是含稅的。**
1 名詞A＋へ＋名詞B＋は＋入っています：（無此用法）
2 名詞A＋と＋名詞B＋は＋入っています：A和B都包含在裡面
3 名詞A＋が＋名詞B＋は＋入っています：（無此用法）
4 名詞A＋に＋名詞B＋は＋入っています：A裡面包含著B

⑨ 4 **和春天比起來，我比較喜歡秋天。**
1 名詞A＋でも＋名詞B＋の方が：（無此用法）
2 名詞A＋には＋名詞B＋の方が：（無此用法）
3 名詞A＋まで＋名詞B＋の方が：（無此用法）
4 名詞A＋より＋名詞B＋の方が：和A比起來，B比較…

⑩ 3 **她看不起自己的父親。**
1 バカとしています：假設是笨蛋
2 バカがしています：笨蛋在做…
3 バカにしています：看不起、當作笨蛋
4 バカはしています：笨蛋在做…

⑪ 3 請哪位去通知一下老師。
1 某人（名詞）＋が＋知らせて：
…来通知（文法接續正確，但不
符合句意）
2 事情（名詞）＋を＋知らせて：
通知…事情
3 某人（名詞）＋に＋知らせて：
通知…某人
4 某人（名詞）＋と＋知らせて：
和…一起去通知

⑫ 3 我很喜歡這條項鍊。
1 気でいりました：（無此用法）
2 気をいりました：（無此用法）
3 気にいりました：喜歡
4 気がいりました：（無此用法）

⑬ 4 她喝了三杯這麼多的啤酒。
1 三杯と～飲みました：（無此用
法）
2 三杯で～飲みました：（無此用
法）
3 三杯に～飲みました：（無此用
法）
4 三杯も～飲みました：喝了三杯
之多（「も」表示數量多、程度
高的狀況）

⑭ 2 他是在自家庭院裡舖設軌道這種
程度的鐵道迷。
1 …を作るだけ：只有製作…
2 …を作るほど：到製作…的程度
3 …を作るから：因為要製作…
4 …を作るには：（無此用法）

⑮ 1 想要畫出好畫，就必須練習畫很
多圖。
1 うまくなるには：為了要變好
2 うまくなるでは：（無此用法）
3 うまくなるとは：（無此用法）
4 うまくなるへは：（無此用法）

⑯ 2 很多喜歡喝啤酒的人都有個大肚
子，我也是其中之一。

1 この一人です：在面前的其中一
人
2 その一人です：前面提過的其中
一人
3 あの一人です：指很遠地方中的
其中一人
4 どの一人です：（無此用法）

難題原因

⑫：
● 必須知道「気に入ります」（喜
歡）這個慣用表達才可能答對。
● 對 N5 程度來說，這屬於較高階
的表達用法。

⑮：
● 必須知道「動詞原形＋には」
（為了要…）這個慣用表達才可
能答對。
● 對 N5 程度來說，這屬於較高階
的表達用法。

⑯：
● 必須知道「この一人」、「その
一人」、「あの一人」的不同含
意，才可能答對。
● 對 N5 程度來說，這屬於較高階
的表達，可能很多人不知道其中
的差異。

2 ⑰ 4 字が 3 小さすぎて 2 何と 4
★
書いて 1 あるのか 読めませ
ん。

字太小了，看不出來寫了什麼。

解析
● 字が小さすぎて（因為字太小）
● 何と書いてあるのか（到底寫了什
麼）

言語知識（文法）• 読解

⑱　4　学校に　<u>4 行く</u>　<u>1 途中で</u>　<u>3 忘れ物を</u>　<u>2 思い出して</u>　家に帰りました。

上學途中想到忘了帶東西，又回家拿。

解析
- 学校に行く途中で（在上學的途中）
- 忘れ物を思い出して（想到忘記帶東西）

⑲　2　彼が　<u>3 もらった</u>　<u>1 チョコレート</u>は　<u>4 一人では</u>　<u>2 食べきれない</u>　ほどいっぱいでした。

他收到的巧克力已經是多到一個人吃不完的程度了。

解析
- もらったチョコレート（收到的巧克力）
- 一人では食べきれないほど（一個人吃不完的程度）
- …ほどいっぱいでした（已經是多到…的程度了）

⑳　1　最近は　<u>2 日本語の</u>　<u>4 上手な</u>　<u>3 外国人が</u>　<u>1 たくさん</u>　いて日本語はむずかしいといわれなくなりました。

最近有很多日語很好的外國人，日語不再被説是很難的語言了。

解析
- 日本語の上手な外国人（日語很好的外國人）
- …が＋たくさんいて（有很多…）

- むずかしいといわれなくなりました（變得不再被説是很難的了）

㉑　3　中年を　<u>3 過ぎて</u>　<u>4 若い　時と</u>　<u>1 同じだけ</u>　<u>2 食べると</u>　太ります。

人一過中年，吃和年輕時相同的分量就會發胖。

解析
- 中年を過ぎて（過了中年）
- 若い時と同じだけ（和年輕時候相同的分量）
- 食べると太ります（一吃就會發胖）

難題原因

⑲：
- 要知道句尾的「ほど」表示「程度」，以及「動詞ます形＋きれない」（無法做完…）這兩種慣用表達。如此才可能聯想到「ほど」前面要填入「食べきれない」。
- 另外也要理解「…ほどいっぱい」（多到…的程度）的意思。

㉑：
- 「同じだけ」（相同分量）這個慣用表達對 N5 程度來說，是較困難的用法。
- 要注意「だけ」在這裡並不是「只有…」的意思，而是和「同じ」結合成為一個字彙，表示「相同分量」。
- 也要知道「名詞＋を＋過ぎる（過了…）」這個慣用表達，才能聯想到第一個空格可以填入「過ぎて」。

3 ㉒ **2**　1　なんなの：什麼呢（必須放在句尾，並以問號結束）
2　どんなの：哪一種的
3　どれなの：哪一個呢（必須放在句尾，並以問號結束）
4　どこなの：哪裡呢（必須放在句尾，並以問號結束）

㉓ **1**　1　名詞＋に＋よって：根據…
2　名詞＋に＋とって：對…而言
3　名詞＋に＋あって：在那裡，而且…
4　名詞＋に＋やって：給某人，而且…

㉔ **4**　1　心をいれる：（無此用法）
2　心をかける：（無此用法）
3　心をあつめる：（無此用法）
4　心をあらわす：表達心情

㉕ **4**　1　…すら＋変えてみましょう：無此用法（「すら」後面通常接續否定表現，表示「連…都不…」）
2　…には＋変えてみましょう：（無此用法）
3　…まで＋変えてみましょう：連…都換掉看看
4　…から＋変えてみましょう：從…開始換掉看看

㉖ **3**　1　さがる：…下降
2　さげる：把…下降
3　あがる：…提升
4　あげる：把…提升

難題原因

㉖：
● 必須知道「あがる」和「あげる」的差異，才能正確作答。
● 「あがる」：…提升。是自動詞。
　「あげる」：把…提升。是他動詞。

4 (1) **解析**

● 前はよさを知らなかったからです（因為以前不知道好處）
● 知れば好きになります（知道後就會喜歡上）
● よさを一度知ったら、きらいに戻ることはもうありません（一旦知道好處之後，就不會再變回討厭的情況）

㉗ **3**　因為會喜歡覺得好的事物。
題目中譯　作者的好惡改變的契機是什麼？

(2) **解析**

● 何かを考えるより何も考えないほうがむずかしいのです（和思考某個東西相比，什麼都不思考是更困難的）
● わたしたちは常に何かを考えて、頭が疲れていると言えます（可以説我們的頭腦總是思考某個東西，頭腦總是疲累的）
● むしろゆったりと気持ちを落ち着けたほうがいい考えが出るのです（倒不如放鬆心情冷靜下來，還比較會想出好點子）

㉘ **3**　因為用腦過度。
題目中譯　如果換個方式説明「想不出好點子的原因」，以下何者符合？

(3) **解析**

● 泳ごうと思っていました（本來打算游泳）
● バレーをしようと思っていましたが、暑いからやめて、すいか割りをしました（本來打算打排球，因為太熱放棄了，改成打破西瓜）

言語知識（文法）• 読解

㉙ 4

題目中譯 去海邊後，做了什麼事情？

難題原因

㉘：

● 題目在測驗考生「是否真的理解文章的含意」。除了要能掌握字面的意思，也要具備文章的理解力，才能體會作者想表達的要點，並能答對。

● 答題關鍵在於「むしろゆったりと～出るのです」這個部分。由此可以推斷作者認為要想出好點子最好是放鬆心情、冷靜下來，換句話說就是「不要用腦過度」。

5

解析

● カタカナ英語ではないほんものの英語をしゃべれる人（不是説片假名發音的英文，而是説正確英文發音的人）

● ターザンごっこをして遊んで（玩假扮泰山的遊戲）

● やらされる役はいつもインディアン（被要求扮演的腳色總是印地安人）

● しゃべれないのに「なんちゃって英語（でたらめな英語）」でターザンをののしります。（明明不會説，卻總是用「冒牌的英文（亂七八糟的英文）」責罵泰山）

● おまえの英語は本物に聞こえる！（你的英文聽起來好像是真正的英文）

● ハーフでもなんでもない（連混血兒都不是）

● よくラジオから聞こえてくる英語をまねしていたそうです（聽説經常模仿從收音機聽到的英文）

● この「耳で入り発音をまねする」のは、言語を学ぶ極意でもあります（這種「從聽別人説話開始，模仿發音」的方法，也是學習語言的秘訣）

㉚ 3 **明明不會講英文，小林先生的英文聽起來卻神似正統的英文。**

題目中譯 關於這個故事的概要，以下何者是正確的？

㉛ 4 **因為練習的方法很好。**

題目中譯 根據本文，小林先生英文進步的最大原因是什麼？

難題原因

㉚：

● 屬於閱讀全文後，要有能力歸納、並正確掌握作者想表達的重點，才可能答對的考題。文章的閱讀力和理解力都要好。

● 必須一一確認文章中的答題線索，並刪除錯誤選項，才容易作答。文章並沒有提到有關選項1、2、4 的部分。

6

解析

● 冷蔵庫が壁などにちかすぎると熱が逃げないので、冷蔵庫の周りは１０センチ以上空けましょう（因為冰箱和牆壁等靠太近的話，會無法散熱，所以冰箱周圍要空出十公分以上的距離）

● できるだけ「弱」にして、もし冷えない場合は「中」で使用して下さい（冷藏溫度盡量設定在「弱」，如果不夠冷的話，請用「中」）

● 傷んだパッキン（ドアについてるゴム）はあいだから冷気がもれて電気のムダ使いになるので（因為從損害

的門邊封條（附著在門四周的橡膠）縫隙會漏出冷氣，會造成浪費電力）

- 物を詰め込みすぎないようにしましょう（不要裝太多東西進去）
- 冷気の流れが悪くなり、中が均一に冷えなくなります（冷氣流通變糟，冰箱內會造成冷度不均）
- もし未開封なら腐ることはないので冷蔵庫に入れないようにしましょう（因為如果未開封就不會腐壞，就不用放進冰箱）
- 熱い物を冷まさずにそのまま入れると温度が上がって中の物が腐りやすくなります（熱的東西還沒有變涼，就這樣放進去的話，冰箱內的溫度會提高，裡面的東西容易壞掉）

㉜　4　**因為有空位，所以把用微波爐熱過的食物放進冰箱冷藏。**

（題目中譯）以下何者是不正確的作法？

難題原因

㉜：

- 必須要注意題目所問的是「不正確的作法」，所以必須一一確認文章中的答題線索，才能找出錯誤的內容。
- 選項 1、2、3 都符合文章提到的作法。
- 文章提到熱的東西不能放入冰箱，所以選項 4「因為有空位就將用微波爐加熱過的東西放進去」是錯誤的作法。

聴解

1

1 ばん―2

テレビで男の人が話しています。この人は、何を使いますか。

男 刺身を食べるとき、普通は醤油をかけます。でも、私はトマトケチャップをかけます。私はそのほうがおいしいと思います。これは、私だけの食べ方です。

この人は、何を使いますか。

解析

- 刺身（生魚片）
- 醤油をかけます（淋醤油）
- トマトケチャップ（番茄醬）
- 私はそのほうがおいしいと思います（我覺得那樣比較好吃）
- 私だけの食べ方です（只有我會做的吃法）

2 ばん―2

医者が話しています。何を食べたらいいですか。

男 糖尿病ですから、チャーハンなどはあまり食べないでください。塩分の多いも

のも食べないでください。ラーメンは、塩分が多いですよ。野菜や味噌汁や納豆がある定食がいいです。定食は、栄養のバランスがいいですから。

何を食べたらいいですか。

解析

- チャーハンなどはあまり食べないでください（請不要太常吃炒飯之類的）
- 塩分の多いもの（鹽分多的食物）
- 野菜や味噌汁や納豆がある定食がいいです（有蔬菜、味噌湯、或納豆的定食套餐比較好）
- 栄養のバランスがいいです（營養均衡）

難題原因

- 答題的關鍵線索分散在整篇文章中，要仔細聆聽各個細節並一一記錄下來。
- 答題的關鍵線索有兩點：
  (1)「野菜や味噌汁や納豆がある定食がいいです」
    （有蔬菜、味噌湯、或納豆的定食套餐比較好）
  (2)「定食は、栄養のバランスがいいですから」
    （因為定食套餐營養均衡）
- 此外，還必須理解「定食」這個字彙的意思才能正確作答。「定食」是指由「白飯、固定的主菜、小菜、湯」所組合而成的套餐。

3 ばん―4

男の学生と女の学生が話しています。男の学生は何を持っていきますか。

男 明日のピクニックは、何を持っていきますか。

女　私 がおにぎりを持っていきます。飲み物
とお菓子は頼みます。

男　飲み物は着いてから買えばいいですよ。そ
のほうが冷たくておいしいですから。

女　そうですね。それから、明日は雨が降るみ
たいですから、傘を持ってきてください。

男　はい、わかりました。それから、昨日買っ
ておいた電車の切符、持ってきてくださ
い。

女　あ、そうですね。わかりました。

男　これで準備は完璧ですね。

女　はい。

男 の学生は何を持っていきますか。

解析

● 何を持っていきますか（要帶什麼東西去？）

● ピクニック（野餐）

● おにぎり（飯糰）

● 飲み物とお菓子は頼みます（飲料和點心就拜託你了）

● 飲み物は着いてから買えばいいです（飲料抵達後再買就好了）

● そのほうが冷たくておいしいですから（因為那樣比較涼、比較好喝）

● 雨が降るみたいです（好像會下雨）

● 買っておいた電車の切符（買好的電車車票）

● これで準備は完璧ですね（這樣準備工作就很完善了）

難題原因

● 聽解全文有很多零碎的內容，例如對話人物各自分析了哪些需要帶的東西，哪些不需要帶的東西，以及由誰負責帶…等等，聆聽時要隨時記下所有細節。

●要注意題目問的是男性要帶的東西，小心不要被誤導。

●女性提出她會帶飯糰，希望男性帶飲料、點心和雨傘。

●後來男性提出「飲料到當地之後再買比較冰、比較好喝」的意見，而且希望女性要帶昨天買的電車車票。

●綜合上述意見，女性要帶的是：「飯糰、電車車票」；男性則是要帶「點心、雨傘」。

4 ばん―2

**男 の社員と 女 の社員が話しています。最後
に何を使いますか。**

女　この書類をホッチキスでとめてくださ
い。それから、それをファイルに入れてく
ださい。

男　これでいいですか。

女　私 の名前を書いた紙を、そのファイルに
はってくださいね。

最後に何を使いますか。

解析

● ホッチキスでとめてください（請用釘書機釘起來）

● ファイルに入れてください（請放入文件夾）

● 私の名前を書いた紙を、そのファイルにはってください
ね（請把寫著我的名字的紙貼在文件夾上）

聴解

- 要注意題目問的是最後必須使用什麼，對話可能隨時因為某個因素而改變動作的步驟，聆聽時一定要一一記錄各個細節，才能有助於正確作答。
- 答題的關鍵線索是「私の名前を書いた紙を、そのファイルにはってくださいね」（請把寫著我的名字的紙貼在文件夾上）這句話。
- 女性指示的動作依序是：用釘書機釘資料→放入文件夾→在文件夾上貼上寫有女性名字的紙張

5 ばん―3

女 の人が話しています。何を買わなくてもいいですか。

女 唐辛子とにんにくとバナナ買ってきてください。あ、バナナはまだあるからいいですよ。でも、柿を買ってきてください。今行ってきてくださいね。お願いですよ。

何を買わなくてもいいですか。

解析

- 何を買わなくてもいいですか（什麼東西可以不用買）
- バナナはまだあるからいいですよ（因為香蕉還有，所以不用了）
- 柿を買ってきてください（請買柿子回來）

6 ばん―3

女 の人が話しています。月曜日の次の日は、何を習いますか。

女 月曜日から金曜日まで、習い物をしています。月曜日と水曜日はヨガ、火曜日はピアノ、木曜日は社交ダンス、金曜日はジャズダンスを習っています。

月曜日の次の日は、何を習いますか。

解析

- 月曜日の次の日（星期一的隔天）
- 月曜日から金曜日まで、習い物をしています（從星期一到星期五都有在學才藝）
- ヨガ（瑜珈）
- ピアノ（鋼琴）
- 社交ダンス（社交舞、國標舞）
- ジャズダンス（爵士舞）
- 女性星期一和星期三學瑜珈、星期二學鋼琴、星期四學社交舞、星期五學爵士舞

7 ばん―2

女 の人と店員が話しています。女 の人は、どの手袋を買いますか。

女 大人用の手袋、ください。

男 長いのと短いのがあるんですが。

女 長いのがいいです。色は何色がありますか。

男 白と黒があります。

女 黒はいいです。あついですから。

男 わかりました。でしたらこれですね。

女 はい、それをください。

女の人は、どの手袋を買いますか。

[解析]
- 手袋（手套）
- 大人用の手袋、ください（請給我大人用的手套）
- 色は何色がありますか（有哪些顏色？）
- 黒はいいです。あついですから（不要黑色，因為很熱）
- でしたらこれですね（這樣的話是要這個對吧？）

2

1 ばん―3

男の社員と女の社員が、写真を見ながら話しています。どの人が、山口さんの娘さんですか。

男 山本さんの娘さん、大きくなりましたね。この一番右の寝ているこどもですよね。

女 そう。髪も伸びて、とても女の子らしいですよ。

男 山口さんの娘さんはどれですか。

女 その左の左ですよ。

男 前と全然顔が違うからわかりませんでした。

女 成長が速いですから。

どの人が、山口さんの娘さんですか。

[解析]
- 山本さんの娘さん、大きくなりましたね（山本先生的女兒長大了耶）
- この一番右の寝ているこどもですよね（是最右邊在睡覺的小孩對吧）
- 髪も伸びて、とても女の子らしいですよ（頭髮也變長了，很像女生的樣子了）
- その左の左ですよ（是那個的左邊的左邊喔）
- 前と全然顔が違うからわかりませんでした（因為臉和之前長的完全不一樣，我都認不出來）
- 成長が速いですから（因為發育得很快）
- 題目問的是山口先生的女兒是照片中的哪一個，最右邊在睡覺的小孩是山本先生的小孩，山口先生的小孩是最右邊的小孩的左邊的左邊的那個，所以山口先生的小孩是從右邊數過來的第三個。

2 ばん―4

男の人と女の人が話しています。女の人の電話番号は何番ですか。

男 あのう、山田電気ですよね。

女 いいえ、私は平田です。山田電気は、９４３－２９５４ですよ。

男 確かに９４３－２９５４にかけたと思ったんですが。

聴解

女　私のは、前が９３４で後が２５９４なんです。よく間違い電話がかかってくるんです。

男　じゃ、間違えたんですね。すみません。

女の人の電話番号は何番ですか。

解析
- 確かに９４３－２９５４にかけたと思ったんですが（我想我的確是撥打了 943-2954）
- 前が９３４で後が２５９４なんです（前面是 934，後面是 2594）
- よく間違い電話がかかってくるんです（經常有人打錯電話來）
- 間違えたんですね（是我搞錯了啊）
- 要注意題目問的是「女性的電話號碼」，不是男性要找的「山田電器」。

3 ばん—1

男の学生と女の学生が話しています。二人はどこで昼ご飯を食べますか。

男　もうお昼ですよ。ご飯にしましょう。

女　どこで食べますか。

男　食堂に行きましょう。

女　今日はこむと思いますよ。それよりは、パンを買って校庭で食べるのがいいかと。

男　校庭は埃がたちそうだから、教室でいいんじゃないですか。

女　そうですね。そうしましょう。

二人はどこで昼ご飯を食べますか。

解析
- もうお昼ですよ（已經中午了）
- 食堂（餐廳）
- 今日はこむと思いますよ（我覺得今天人會很多）
- それよりは、パンを買って校庭で食べるのがいいかと。（比起那個地方，我覺得買麵包在校園吃比較好）
- 校庭は埃がたちそうだから、教室でいいんじゃないですか（因為校園好像會有灰塵，在教室吃不是比較好嗎？）

4 ばん—1

男の人と女の人が話しています。最後に何を入れますか。

女　にんにくとしょうがは、入れましたか。

男　ええ、にんにくはもう入れました。しょうがは最後に入れようと思っています。

女　にんにくとしょうがを入れてから、醤油を入れたほうがいいですよ。

男　そうですか。じゃ、しょうがを入れた後に、醤油を入れます。

女　その方がおいしいですよ。

男　勉強になりました。

最後に何を入れますか。

解析
- しょうがは最後に入れようと思っています（打算最後再把薑放進去）
- にんにくとしょうがを入れてから、醤油を入れたほうが

いいですよ（放入大蒜和薑之後，再倒入醬油比較好喔）
- その方がおいしいですよ（那樣比較好吃喔）
- 勉強になりました（學到東西了）

難題原因

- 不容易掌握答題的關鍵線索，要仔細聆聽各個細節並一一記錄下來，才不會被誤導。
- 答題的關鍵線索有兩點：
  (1) 女性建議的：にんにくとしょうがを入れてから、醬油を入れたほうがいいですよ（放入大蒜和薑之後，再倒入醬油比較好喔）
  (2) 男性回應的：そうですか。じゃ、しょうがを入れた後に、醬油を入れます（是這樣子嗎？那麼我會放了薑之後，再倒入醬油）
- 從上述內容可以推斷男性接受了女性的建議，最後倒入醬油，而非一開始時打算的最後要放入薑。

5 ばん—1

<ruby>夫<rt>おっと</rt></ruby>と<ruby>妻<rt>つま</rt></ruby>が<ruby>話<rt>はな</rt></ruby>しています。<ruby>二人<rt>ふたり</rt></ruby>は<ruby>晩<rt>ばん</rt></ruby>ご<ruby>飯<rt>はん</rt></ruby>は<ruby>何<rt>なに</rt></ruby>を<ruby>作<rt>つく</rt></ruby>りますか。

女　<ruby>今晩<rt>こんばん</rt></ruby>は<ruby>何<rt>なに</rt></ruby>にしますか。

男　カレーかハンバーグかから<ruby>揚<rt>あ</rt></ruby>げにしましょう。

女　<ruby>昨日<rt>きのう</rt></ruby>もカレーでしたよ。それに、ハンバーグもカレーもいつも<ruby>食<rt>た</rt></ruby>べていますから。

男　じゃ、ハヤシライスにしましょう。

女　ハヤシの<ruby>材料<rt>ざいりょう</rt></ruby>はないけど、カレーの<ruby>材料<rt>ざいりょう</rt></ruby>はあります。

男　じゃ、<ruby>材料<rt>ざいりょう</rt></ruby>があるものをつくりましょ

う。

女　そうですね。じゃ、<ruby>決<rt>き</rt></ruby>まりですね。

<ruby>二人<rt>ふたり</rt></ruby>は<ruby>晩<rt>ばん</rt></ruby>ご<ruby>飯<rt>はん</rt></ruby>は<ruby>何<rt>なに</rt></ruby>を<ruby>作<rt>つく</rt></ruby>りますか。

解析

- カレーかハンバーグかから揚げにしましょう（來做咖哩或是漢堡排或是炸雞吧）
- ハンバーグもカレーもいつも食べていますから（因為老是在吃漢堡排和咖哩）
- ハヤシライス（牛肉燴飯）
- ハヤシの材料はないけど、カレーの材料はあります（沒有牛肉燴飯的材料，但是有咖哩的材料）
- 材料があるものをつくりましょう（做有材料的東西吧）

6 ばん—1

<ruby>男<rt>おとこ</rt></ruby>の<ruby>学生<rt>がくせい</rt></ruby>と<ruby>女<rt>おんな</rt></ruby>の<ruby>学生<rt>がくせい</rt></ruby>が<ruby>話<rt>はな</rt></ruby>しています。<ruby>明日<rt>あした</rt></ruby>はどんな<ruby>天気<rt>てんき</rt></ruby>ですか。

男　<ruby>明日<rt>あした</rt></ruby>の<ruby>天気<rt>てんき</rt></ruby>はどうですか。

女　<ruby>台風<rt>たいふう</rt></ruby>が<ruby>近<rt>ちか</rt></ruby>づいているから、<ruby>明日<rt>あした</rt></ruby>から<ruby>天気<rt>てんき</rt></ruby>が<ruby>悪<rt>わる</rt></ruby>くなりますよ。<ruby>今日<rt>きょう</rt></ruby>は<ruby>晴<rt>は</rt></ruby>れですけどね。

男　<ruby>雨<rt>あめ</rt></ruby>ですか。

女　いいえ、<ruby>明日<rt>あした</rt></ruby>はまだ<ruby>雨<rt>あめ</rt></ruby>は<ruby>降<rt>ふ</rt></ruby>りません。くもりです。あさってから<ruby>雨<rt>あめ</rt></ruby>ですよ。

男　その<ruby>次<rt>つぎ</rt></ruby>の<ruby>日<rt>ひ</rt></ruby>はどうですか。

女　もっと<ruby>強<rt>つよ</rt></ruby>い<ruby>雨<rt>あめ</rt></ruby>が<ruby>降<rt>ふ</rt></ruby>ります。<ruby>風<rt>かぜ</rt></ruby>も<ruby>強<rt>つよ</rt></ruby>いです。

聴解

男 その日は外に出ないほうがいいですね。

明日はどんな天気ですか。

解析

- 台風が近づいているから、明日から天気が悪くなりますよ（因為颱風正在接近中，明天開始天氣會變糟）
- 明日はまだ雨は降りません。くもりです（明天還不會下雨，是陰天）
- あさってから雨ですよ（後天開始下雨喔）
- 外に出ないほうがいいですね（不要外出比較好吧）

難題原因

- 對話主題圍繞著今天到大後天的天氣狀況，但要注意：題目問的是明天是怎麼樣的天氣。一定要仔細聆聽各個細節並一一記錄下來，才不會被誤導。
- 答題的關鍵線索在女性所說的「明日はまだ雨は降りません。くもりです」（明天還不會下雨，是陰天）這段內容。
- 天氣變化依序是：
  今天：晴天。
  明天：天氣開始變糟，不會下雨，但會是陰天。
  後天：開始下雨。
  大後天：下更大的雨，風也更大。

3

1 ばん—1

女の人は、書類のことを聞きたいです。相手はあまり時間がありません。何と言いますか。

1 ちょっと今いいですか。

2 ちょっと今見えますか。

3 ちょっと今見ましょうか。

解析

- あまり時間がありません（不太有時間）
- ちょっと今いいですか（現在方便打擾一下嗎？）
- 選項 2 的「ちょっと今見えますか」是錯誤日文。
- ちょっと今見ましょうか（現在我要不要幫你看一下？）

2 ばん—3

値段を聞きます。何と言いますか。

1 これどうですか。

2 これどのくらいですか。

3 これいくらですか。

解析

- 値段を聞きます（要詢問價錢）
- これどうですか（覺得這個怎麼樣？）
- これどのくらいですか（這個大約多大、這個大約多久？）
- いくらですか（多少錢？）

3 ばん—2

男の人は、この外国人と日本語で話したいです。何と言いますか。

1 日本語を知っていますか。

2 日本語はできますか。

3 日本語でいかがですか。

解析

● この外国人と日本語で話したいです（想要和這個外國人用日文交談）

● 日本語はできますか（你會説日文嗎？）

難題原因

● 選項1和選項3都是很奇怪的日文。

● 想要和對方用某種語言交談，但不確定對方會不會説該語言時，應該用「…語はできますか。」（會説…語言嗎？）來確認。

4 ばん―3

友達と別れます。また明日学校で会います。何と言いますか。

1 また会おうね。

2 帰ってね。

3 じゃね。

解析

● 友達と別れます（和朋友道別）

● また明日学校で会います（明天還會在學校見面）

● また会おうね（我們再見面吧）

● 帰ってね（請你回去吧）

● じゃね（再見）

5 ばん―3

お客はカードを使いたいです。聞きます。何と言いますか。

1 カードで払いますか。

2 カードで払ってください。

3 カードで払いたいんですが。

解析

● カードを使いたいです（想要使用信用卡）

● カードで払いたいんですが（我想要用信用卡付錢）

難題原因

● 選項1「カードで払いますか」（你要用信用卡付款嗎？）和選項2「カードで払ってください」（請用信用卡付款）都是店家對顧客所説的話。

● 選項3才是顧客自己想要使用信用卡付款的正確表達。

4

1 ばん―3

女 引越し手伝いましょうか。

男 1 はい、わかりました。

2 はい、手伝いますよ。

3 ありがとうございます。

聴解

中譯

女 要不要幫你搬家？

男 1 好，我知道了。

　　 2 好，我會幫忙喔。

　　 3 謝謝你。

解析

● 引越し（搬家）

2 ばん—3

男 暑いですね。窓を開けましょうか。

女 1 ええ、そうです。

　　 2 ええ、わかります。

　　 3 ええ、お願いします。

中譯

男 真熱啊，要不要把窗戶打開？

女 1 嗯，是那樣的。

　　 2 嗯，我知道了。

　　 3 嗯，麻煩你了。

3 ばん—2

女 お国はどちらですか。

男 1 南 のほうにあります。

　　 2 シンガポールです。

　　 3 こちらです。

中譯

女 您來自哪個國家？

男 1 在南方。

　　 2 新加坡。

　　 3 這邊。

解析

● どちら（哪裡）

● シンガポール（新加坡）

難題原因

● 對外國人來說，題目的意思較難理解。

● 題目的意思是「あなたは、どの国の出身ですか」
（你來自於哪一個國家？）。

● 必須知道問句的「どちら」並不是詢問「方向、位
置」，而是表示「哪個、哪裡」等意思。

---

4 ばん—1

男 シュミットさんはどこですか。

女 1 教 室です。

　　 2 ドイツから来ました。

　　 3 南 です。

中譯

男 史密特先生在哪裡？

女 1 在教室。

　　 2 來自德國。

　　 3 是南方。

解析

● ドイツ（德國）

5 ばん—3

男 ＭＴは何の会社ですか。

女 1 アメリカの会社です。

2 いい会社です。

3 たばこの会社です。

中譯

男 MT是做什麼的公司？

女 1 是美國的公司。

2 是好公司。

3 是香菸公司。

解析

● たばこ（香菸）

難題原因

● 對外國人來説，題目的意思較難理解。

● 必須知道「何の会社ですか」的意思是「何をする
会社ですか」（是做什麼的公司？）才能做出正確回
應。

6 ばん―2

女 エレベーターはどちらですか。

男 1 アメリカのです。

2 あちらです。

3 山田でんきのです。

中譯

女 電梯在哪裡？

男 1 是美國的。

2 在那邊。

3 是山田電氣的。

解析

● エレベーター（電梯）

檸檬樹出版社
Lemon Tree Publishing House

勝系列 26

突破等化計分！新日檢N5標準模擬試題
【雙書裝：全科目 5 回 ＋ 解析本 ＋ 聽解 MP 3】

初版 1 刷　2013 年 10 月 31 日
初版11刷　2021 年 12 月 13 日

作者	高島匡弘・福長浩二
封面設計	陳文德
版型設計	陳文德
插畫	南山・鄭岫雯・許仲綺
責任主編	邱顯惠
協力編輯	方靖淳

發行人	江嬡珍
社長・總編輯	何聖心
出版者	檸檬樹國際書版有限公司 檸檬樹出版社
	E-mail：lemontree@booknews.com.tw
	地址：新北市235中和區中安街80號3樓
	電話・傳真：02-29271121・02-29272336
法律顧問	第一國際法律事務所 余淑杏律師

全球總經銷・印務代理	知遠文化事業有限公司
網路書城	http://www.booknews.com.tw 博訊書網
	電話：02-26648800　傳真：02-26648801
	地址：新北市222深坑區北深路三段155巷25號5樓

港澳地區經銷	和平圖書有限公司
	電話：852-28046687　傳真：850-28046409
	地址：香港柴灣嘉業街12號百樂門大廈17樓

定價	台幣499元／港幣166元
劃撥帳號	戶名：19726702・檸檬樹國際書版有限公司
	・單次購書金額未達300元，請另付50元郵資
	・信用卡・劃撥購書需7-10個工作天

突破等化計分！新日檢N5標準模擬試題 /
高島匡弘・福長浩二合著. -- 初版. -- 新北
市：檸檬樹，2013.10
　面；　公分. -- (勝系列；26)
　ISBN 978-986-6703-73-7 (平裝附光碟片)